さあっ候補生さま〝王霊討伐〟の時間です

藤木わしろ
イラスト／にの子

さあっ
候補生さま、
〝王霊討伐〟の
時間です

Come on candidates,
it's time to take down
the Ghost King!

《善霊》リシア

穂羽天理【ほばねてんり】

「——残念ながら、まだ終わっていないみたいです」

「ここからは——俺の為すべき仕事だ」

鉤爪のように曲がった歪剣。

数多の悪霊を狩り続けてきた剣を握り、
眼前の異形を黒瞳で見定める。

contents

さあっ候補生さま、“王霊討伐”の時間です

藤木わしろ

MF文庫J

口絵・本文イラスト●にの子

●序章　少女Ａに関して

「――おめでとう、今日からキミは『候補生』になった」

そう少女は楽しげな声音で告げた。

その表情は嬉々としたものであり、その翡翠のような瞳は好奇に満ちている。そして少女は静かに微笑んだ。

「あは、声が出ないくらい驚いちゃったみたいだね？」

それはまるで、悪戯が上手くいった子供のような笑みだった。

そこにある笑顔は年相応で、可憐な少女のものでしかない。

「む、そんな風に無視するのは酷くない？」

銀糸に似た煌びやかな髪を揺らし、少しだけ頬を膨らませながら顔を覗き込んでくる。

その様子は華奢な少女の姿でしかない。

触れただけで手折れそうな弱々しい少女でしかない。

しかし――

「俺に何をさせるつもりだ」

そう静かに問い質すと、少女はにぱりと笑った。

「別に難しいことじゃないよ？　キミがやることは何一つとして変わらない。ボクと一緒にいて、適当にお喋りをするだけでいい。それくらいならいいでしょ？」

一歩、また一歩と少女が近づいてくる。

今まで隔絶されていた距離を埋めるように。

こちらの選択を迫るように。

だからこそ――

「そうか」

短い言葉を返してから、ゆっくりと立ち上がる。

床に散らばる無数の薬莢と刃を踏みにじり、少女の下へと近づいていく。

「どちらにせよ、俺のやるべきことは変わらない」

氷刃のように冷たい眼光と共に少女を見下ろす。

「――お前を殺すことが、俺に与えられた責務だ」

誓約の言葉を告げながら、少女の額に銃口を向けた。

●一章　善霊と候補生と異界

「――君たちは《善霊》によって選ばれた」

壇上に立つ男性は、そんな言葉を淡々と告げた。

「現在、日本及び世界各国では未曾有の特異現象が多発している」

十年前、世界は唐突に壊れ始めた。

曰く、自殺した同僚が出社している姿を見た。

曰く、交通事故で亡くなった友人を見た。

曰く、葬式を行った故人が家の中を闊歩していた。

そんな死者に纏わる投稿がネット掲示板やＳＮＳを通じて数多く散見された。

それらを本物の心霊現象だと論ずる者もいれば、現代技術を駆使して加工した偽物と否定する者もいた。最先端のＶＲやＡＲ技術を用いた企業のデモンストレーションなのではないかなどの憶測が飛び交い、世間を大いに賑わせていた。

そんな日常の一幕として全てが終われば良かった。

「警察機関、防衛省による情報統制と規制を駆使しても、既に状況は隠匿できない状況になりつつある。それほどまでに被害が拡大しているということだ」

それらの話は徐々に毛色が変わっていった。

曰く、事件現場に向かった友人が忽然(こつぜん)と姿を消した。

曰く、突如として無数の変死体が見つかった。

曰く、形容しがたい怪物によって通行人が喰(く)い殺された。

曰く、現在の物理法則などを無視した光景が広がっていた。

今までは単なるオカルトな噂話(うわさばなし)や都市伝説でしかなかったが、異形の映像といった証拠がアップロードされるようになった。

「我々防衛省は特異常現象が起こった地域を、特異境界区域……通称『異界』として制定し、その内部で発生する事象や原因について調査を続けてきた。結果――異界は我々が認知している世界とは異なる次元の世界であり、我々が太古から存在を認知しながらも、実在が確認できなかった『霊』によって引き起こされていると判明した」

壇上の男が一般人であれば、その言葉は妄言として一笑に付されていただろう。

しかし、壇上の男は『防衛大臣』という国を代表する立場の人間だった。

つまり、先ほどの言葉は国家が『霊』という存在を認めた発言でもある。

「我々は異界の発生源であり、人類に危害を加える霊を『悪霊』と認定し、異界と悪霊への対処、並びに特異現象の終息を目的とした『特異対策室』を各国共同で発足し、君たちに全面的な協力と援助が行えるように準備を整えた」

壇上の男が会場に集まっている面々に視線を向ける。

正確な数は定かではないが、少なく見積もっても三百人前後はいるだろう。

「君たちに全てを委ねることになってしまうことを心から詫びたい。しかし……事態を終息させることができるのは、選ばれた君たちしかいないのが現状だ」

その言葉の直後、バヂリと会場の照明が明滅し——

無数の影が浮かび上がった。

人間の数倍はある半裸の巨人。古めかしい西洋甲冑に身を包んだ騎士。過度な意匠が施された紳士服の男。人の背を超える二匹の巨犬。馬上で方天戟を掲げる者——

異様な風貌をした幽影たち。

そして照明が戻った瞬間、その影たちが空気の中に溶け消える。

「君たちは我々の人類史において、様々な功績を残した《善霊》に選ばれた」

そう語ってから、壇上の男は表情を改める。

「君たちには《善霊》に選ばれた者として、特異現象が発生している『異界』に赴いてもらい、異界発生の元凶である悪霊たちを討伐してもらうことになる」

人類に貢献した《善霊》の力を借り、世界に危害を及ぼす悪霊を狩る者たち。

「言うなれば、君たちは新たな偉人と成り得る『候補生』でもある。悪霊から現世の人間たちを守り、その功績によって新たな偉人として歴史に名を刻んでもらいたい」

その者たちを見回してから、男は小さく頷いてみせる。

そして男は顔を上げてから再び会場を見回し――

「どうか――我々の世界を奪おうとする『王霊』から世界を救って欲しい」

厳かな口調と共に言葉を締め、軽く頭を下げてから壇上を後にした。

◇

壇上から男が去った後、迷彩服を来た係員がスピーカーによってアナウンスを行う。

「神橋防衛大臣からの言葉は以上です。三十分の休憩後、候補生に対して今後の予定や配属地域といった詳細説明が坂上賢治三等陸佐によって行われます――」

アナウンスによって静かだった会場内に僅かな活気が生まれ始めたところで――

「――ふはぁー」

小さく溜息をついてから、『穂羽天理』は天井を見上げた。

そんな天理の下に、迷彩服の女性が駆け寄ってくる。

「……ちょっと天理、大丈夫？」

「ああ……はい。お気遣いありがとうございます、片桐さん」

そう力無く笑顔を返すと、片桐は迷彩帽を取って困ったように頭を掻いた。

「やっぱり、候補生になるのはやめておいた方がいいんじゃない？」

「いやぁ……私も無茶なことに首を突っ込んでいる自覚はあるんですけどね」

「それなら尚更でしょう。異界に入るだけでも危険なのに、悪霊とかいう化け物との戦闘も想定されている。今は一般人のあんたが無理する必要なんてどこにもないんだから」

「大丈夫ですって。私もこの日のために色々と準備してきましたから」

「準備って……小難しい歴史書とか心理学の本を読む以外に何をやってたのよ？」

「全力で逃げられるように走り込みとかしてましたよ」

自信満々に太ももをぺちんと叩くと、片桐が呆れたように溜息をついた。

「なんか一瞬であたしの不安ゲージが溜まったわ……」

「まぁ片桐さんは昔から心配性ですからね」

「心配に決まっているでしょうが……。それこそあたしなんかよりも、あんたの方が異界や悪霊の恐ろしさについて一番知っているでしょうに」

『異界』とは言葉通り、現実とは大きく異なった世界だ。

水や岩といった無機物が生物のように動いたり、天地が逆転していたり、氷が炎のように揺らめいていたりと……常識外の出来事が平然と起こる異空間。

そして……その異界を創成する『悪霊』たちは異形の姿を取り、生成された異界の中を闊歩し、異界に迷い込んだ人間を捕らえて捕食する。

　だが、それ以外に分かっていることは少ない。

　そもそもどのような仕組みで異界が発生しているのか、なぜ現実世界の物理法則と異なる現象を引き起こしているのか、そこに存在する悪霊たちは本当に『霊』なのか、それとも生物なのか、未知の生命体なのか……その分類さえも定かではない。

　現時点で分かっているのは、訓練を重ねて現代武装で身を固めた人間であっても、その異界や悪霊に対処するのが難しい未知数の世界ということくらいだ。

「辛(つら)い思いをして、一人になって、ようやく普通の子たちと同じような生活を送れるようになったのに……なんであんたの方から首を突っ込もうとするのよ」

　唇を噛(か)みながら拳を震わせる片桐に対して、天理(てんり)は静かに頷(うなず)き返す。

「それ以上は散々話し合ったので無しですよ、片桐さん。それに自分でも危険で無謀だとは分かっていますが、いざとなったら《霊器》があるから大丈夫です」

「……その、善霊ってヤツから与えられる道具みたいな物よね？」

「ですです。それさえあれば悪霊だってイチコロですよ」

　そう言って天理は右手を軽くかざしてから――

　その手の中に、赤光を纏(まと)う長剣を出現させた。

　剣身から意匠に至るまで、その全てが真紅に染め上げられた剣。

「これがあればッ、片桐さんも安心でしょう……ッ!?」

「……そんなへっぴり腰で言わないでくれる?」

「いやこれ見た目以上にクッソ重いんですよね……ッ!!」

剣先を地面に着けたまま、天理は両手をぷるぷると震わせていた。

しかし、剣の形状を取っているだけで本来の用途は武器ではない。

人類史に名を残し、現代における様々な分野に功績を残した偉人たちの霊。

その《善霊》が持つ功績から創り上げられた異能の道具だ。

「どちらにせよ、危なくなったら逃げるんで私は大丈夫ですよ」

「分かったわよ……本当に言い出したら聞かない子なんだから」

深々と溜息をついてから、片桐はくしゃくしゃと天理の頭を撫で回す。

「別にあんたのことを信用してないわけじゃない。あんたが今日のために色々と頑張っていたことは知っているし、候補生になるって決めた理由も知っているわけだしね」

表情を崩し、柔和な笑みを浮かべながら片桐は言う。

「だから……何があっても絶対に生きて帰ってきなさい。それがあんたの保護者として、今まで世話を焼いてきたあたしに対する礼だと思ってね」

「了解です、片桐有紗二等陸曹」

「はいどうも。なんだかんだ悪運が強いってのもあんたの取り柄だし、ゴキブリみたいに這い回ってでも帰ってきなさい」

「さすがに女子なのでゴキブリよりかわいいものに例えてもらえませんかね」

「そんな性格でもないでしょうが」

「ですね。むしろゴキブリのしぶとさを見習って、様付けで呼ぶような性格ですから」

「……それは本気で引くから、あんまり外で言わないようにしなさい」

片桐がげんなりとした表情で天理を見る。向こうから振っておいて酷い言われ様だ。

「とにかく、あんたの妙に頭が回るところとか、変に胆が据わっているところとか、そこらへんは信用してるから頑張ってきなさい」

天理の背中をバシッと叩いてから、片桐は整列している自衛隊員の下に戻っていった。

「――――さてと」

片桐の背中を見送ってから、天理は会場に集められた候補生たちを眺める。

年齢や性別に一貫性はない、迷彩服を着た屈強な身体付きの青年、刀袋を携えた壮年の男、僧服に身を包んだ禿頭の老人、巫女装束を纏った妙齢の女性……その中に交じって私服やスーツ姿の人間もいれば、天理と同じように制服姿の学生も僅かながら見られる。

だが、この場にいるということは全員が悪霊を狩る『候補生』というわけだ。

「ええと……防衛省特異対策室に所属する特務尉官候補生に対して、特異境界区域における対処能力、及び《霊器》を用いた戦闘能力によって選別を行い、各地域において優れた戦果を残した者たちが『王霊討伐作戦』に参加し――」

そこまで読んだところで、天理はパタンと配布されていた資料を閉じた。

「つまり、めっちゃ悪霊を狩って最後まで残った人は褒美がもらえる感じですかね」

バカみたいに長かったのでまとめてみた。

しかし『候補生』という短い呼称に全てを集約させたところは評価したい。

『候補生』の中でも多くの悪霊を狩った者たちだけが正式な討伐作戦に参加できるのは、その者たちが「悪霊退治によって現世を救った」という『功績』を得るからだ。

そして——その『功績』は異能にも大きく関わってくる。

たとえば物理学において功績を残した偉人であれば、それに関連した異能を宿すことになり、後世に名を残すほどの作品を残した者であれば、作品そのものや技法といったものが異能に変わる。

つまり『蘇った死者を在るべき姿に還して生者を救った』という功績には——

「——そんな夢みたいな話が叶うなら、自分の命を懸けてでも求めるでしょうね」

数多の人類が一度は夢見て為そうと望みながらも、科学技術が発展した現代でさえ誰一人として成し遂げられなかった奇跡の御業。

『死者の蘇生』

正確なところは分からないが、少なくとも悪霊狩りによって候補生が最終的に手にすると思われる功績には、人間の生と死に関する異能が宿る可能性が高い。

だからこそ、この場に集まった者たちは『候補生』になることを選んだのだろう。

大切な人間を蘇らせるためか、失われた太古の知識を得るためか、その奇跡によって莫大な富や地位を得るためか、その動機や目的は十人十色といったところだろう。

「ま、私には関係ないのでどうでもいいんですけど」

そもそも悪霊狩りなんて天理にできるはずがない。

そして天理は世界を救うとか世のため人のために頑張ろうという性分でもない。

自分の目的さえ果たせればいいし、そのためには周囲の邪魔にならないように立ち回り、世界の命運だったり危険な悪霊だったりは他の候補生たちに頑張ってもらえばいい。

そう心に決めて、ぼんやりと候補生たちを眺めていた時——

「——ねぇねぇ、そこの綺麗な髪のお嬢さんっ！」

そう背後から声を掛けられ、天理は反射的に振り返った。

そこにいたのは——銀色の少女だった。

照明の明かりを浴びて煌めく、解けた銀糸のように揺れる長い銀髪。

好奇心に満ちた、くりくりと輝く翡翠の瞳。

その現実離れした容姿を見て、天理は思わず息を呑んで固まってしまった。

そして天理が固まったせいか、銀色の少女も驚いたように目を見開いていた。

「うん？　あれ？　もしもし？」

「その……もしかしなくても私のことですかね？」

「おおっ、反応してくれたっ！」

「そりゃ目の前でパタパタ手を振られたら反応するしかないでしょう」

「ごめんごめん、ちょっと見えているのか確かめようと思ってね？」

　そう言って、銀色の少女はにぱりと笑みを返した。

「ボクたち今着いたばかりなんだけど、もう説明って終わっちゃったのかな？」

「いえ……先ほどお偉いさんの挨拶が終わって、休憩後に詳細説明が行われるそうです」

「そっかそっか！　それなら間に合ったみたいだねっ！」

　声を弾ませながら、銀色の少女は天理の隣にあるパイプ椅子にぽすんと腰を下ろす。

「ねねっ、キミの名前は？」

「あー……穂羽(ほばね)天理です」

「ふんふんっ！　ボクはリシア、よろしくねっ！」

　人懐こい笑みと共に、リシアと名乗った少女が手を取ってぶんぶんと振ってくる。

　しかし名前や見た目からして、リシアは間違いなく日本人ではない。

　こうして問題なく会話ができているので日本語は堪能なようだが、海外の出身と考えれば文化の違いとかで距離感も変わってくるだろう。

「まだ休憩中なんだよね？　暇だったらボクとお話ししようよっ！」

「まぁ私も一人なので構いませんけども」

「やったーっ！　ボクってあんまり同年代の子と話したことなかったからさっ！」

「あ、その前に誤解されていそうなので先に訂正しておきますね」

そう言って、天理(てんり)は自分の頭を指先で示す。

染色や脱色では出せない、自然で混じりけのない金色の髪。

「こんな感じの髪色ですけど、私は海外出身じゃなくて日本生まれ日本育ちです」

「そうなの？　そんなに綺麗(きれい)な髪色なのに？」

「はい。父は政義(まさよし)、母は千鶴(ちづる)、祖父の名前は亀三郎(かめさぶろう)で祖母の名前は千代子(ちよこ)です」

「ものすごく日本人っぽい名前がいっぱい出てきた……ッ!!」

「ちょっと病気の後遺症みたいなもので色素が薄くなりましてね。それでよく間違われるので先に訂正しておきました」

天理は会場に来てから候補生たちの姿を観察していたが、その大半は男性で平均して三十代程度、そこに女性で同年代という条件を加えるだけで人数は限られてくる。

その中でも天理は「一目で海外出身と思うほど日本人離れした容姿」であったため、リシアも声を掛けてきたのだろう。

「だけどリシアさんが日本語に堪能な方で助かりましたよ。英語ならまだしも、ロシア語とか北欧系の言葉で話しかけられていたら挨拶すら返せませんでしたから」

「あ、もしかして最初に固まってた理由ってそれなの？」

「ですです。海外のお人形さんみたいな美少女が、いきなりネイティブな日本語で話しかけてきたので脳がバグってフリーズしてました」

「むぅ……北欧系の言語だったら慌てる天理（てんり）ちゃんが見れたのかぁ……」

「北欧系も話せるってことは、そちらがリシアさんの出身なんですか？」

「うん？　違うよ？」

「それならマルチリンガルですか。憧れちゃいますねー」

「んー、まぁ大抵の言語は話せると思うよ？　時間ならいくらでもあったし、暇潰し程度でも数百年とか時間を掛ければ天理ちゃんだって大抵の言語くらい習得できるでしょ？」

「……………うぅん？」

「あ、もしかして天理ちゃんも勘違いしてる？」

訝（いぶか）しむ天理に対して、リシアはくすくすと笑いながらパチンと指を鳴らす。

そして、リシアはゆっくりと天理の胸元に向かって手を伸ばし――

「――ボク、人間じゃないよ？」

天理の胸元に伸びていた手が、そのまま通り抜けて貫通した。

それを見た瞬間、天理は何度か瞬（まばた）きをして自分の状態を確認する。

痛みなどは一切ないが、リシアの手は間違いなく自分の胸を貫通している。

「……うわぁー、めっちゃ貫通してるー」

「なんかボクが期待してた反応と違うっ!!」

「どんな反応を期待していたんですか」

「もっとキャーとかヒャーとか叫んでくれるのを期待してたっ！」

「すみません、私の女子力は年中不足しているものでして」

そう言葉を返すと、リシアが手を引いて不満げに唇を尖らせる。

「ちぇー……もっと驚いてくれると思ってたのにぃー」

「いや驚きましたけどね。まさか《善霊》の方だったとは思いませんでした」

「ふふんっ！　これでもボクはキミたち人類の発展に大きく貢献した身なのさっ！　だから天理ちゃんもいっぱい敬ってくれていいよっ！」

自慢げに胸を反らしながら、リシアが天理の胸元をぽふぽふと叩いてくる。さりげなく胸を触られているわけだが、ここは同性なのでセーフ判定にしておこう。

「つまり、リシアさんにも候補生がいるってことですよね？」

「うんうんっ！　ボクが選んだ人は――あっ！」

リシアがきょろきょろと周囲を見回していた時、不意に声を上げた。

「もうっ！　遅いよハルトくんっ！」

リシアの呼びかけを聞いて、天理がそちらに顔を向けようとした時――

「──何をしていた、リシア」

天理の背後から、抑揚のない冷めた声が聞こえてきた。

リシアの背後に立っている黒ずくめの青年。

髪や瞳だけでなく、服装に至るまで黒で統一された姿。

その顔立ちからして、おそらく年齢は天理より少し上といったところだろうか。

「ハルトくんがのんびりしてるから、ボクの方が先に着いちゃったじゃんっ！」

「俺は定刻通りに行動している。勝手に出歩いたのはお前だ」

そんな二人のやり取りを眺めながら、天理はハルトから目を離せずにいた。

ハルトが声を発するまで……その存在に天理は気づくことができなかった。

立っているどころか、近づいてくる気配すら感じ取れなかった。

今も視界で捉えているのに、思わず存在を疑うほど希薄な気配。

まるで人の形をした霞を眺めているような感覚だ。

そう天理が思っていた時、ハルトが僅かに顔を動かした。

「そちらは」

「あ……私は穂羽天理です。次の説明まで時間があったので、リシアさんと話を──」

「そうか」

こちらが言い終わるより先に、ハルトは短い返答をして視線を外した。

「知己が迷惑を掛けた。これで失礼させてもらう」

「へ？　あ、いや待ってください——」

「なんだ」

射殺すような鋭い眼光を向けられて、天理は思わず身を竦ませる。

どこまでも冷酷で感情の無い瞳。

その所作の全てから放たれる殺気とでも呼ぶべき重圧感。

それらを肌で感じ取りながらも、天理はなんとか踏みとどまって言葉を続ける。

「……こちらが名乗ったんですから、せめて名前くらいは教えてもらえませんかね」

「勝手に名乗ったのはそちらだ。俺が答える義務はない」

淡々とした、刃のように鋭い言葉を浴びせてくる。

「この場にいるということは、お前も候補生ということか」

「そうですけど、何か文句でもありますか」

「ならば、今すぐ候補生から辞退しろ」

「…………は？」

「遊び半分や半端な覚悟であれば余計な死者が増えるだけだ。わざわざ自分の命を捨てるくらいなら、その前に辞退しておけという忠告だ」

その物言いに対して、天理は軽く拳を握り締める。

「……遊び半分や中途半端な覚悟で、自分の命を懸けるわけないでしょうが」

そんな覚悟で自分から死地に飛び込もうとしているわけではない。

命懸けで果たすべき目的があるからこそ、天理は候補生になると決めた。


「私は——異界の中に取り残された母を探すために来たんです」


何度も夢に見た、思い出したくもない記憶。

迫りくる異形の怪物。自分を逃がすために身を挺した母の姿。

その手掛かりを得るために、天理は自らの意思で候補生になることを選んだ。

それがどれほど無茶なことか、自分自身が一番理解している。

それでも、天理には自らの身を賭してでも母を見つけて確かめたいことがある。

「そうか」

短い言葉を返しながら、ハルトは氷刃のような眼光で天理を見据えている。

「どちらにせよ、俺の障害になるのなら容赦はしない」

そう静かに天理を睨みつけながら——


「——俺は、何があろうとリシアを生き返らせなくてはいけない」

重苦しく、絞り出すように紡がれた言葉。

そして、ハルトはリシアの手を引いて背中を向ける。

その背中には、何があろうと目的を果たすという強い意志と覚悟が見えた。

だからこそ……天理はその背中を見つめることしかできなかった。

◇

防衛省からの説明を受けた後、天理は正式な候補生として登録された。

どこにでもいる女子高生から、『防衛省特異対策室所属特務尉官候補生』という無駄に長くて物々しい肩書を持った女子高生にクラスチェンジしたわけだが――

「――これでマンガやアニメみたいに『私が特務尉官候補生だ』とか名乗って、事件現場とかに立ち入れるんだったらテンション上がったんですけどねー」

軍用ヘリに揺られながら、天理は頬杖をつきながら軽く息を吐いた。

そんな天理の独り言が聞こえたのか、同乗している年配の自衛官が苦笑を浮かべる。

「『特異対策室』という組織自体が一般には秘匿されていますから、警察機関であっても上層部まで話がいかないと通じないでしょうね」

「あー、やっぱりそうなんですか。ちなみに実際にやったらどうなります？」

「たぶん即座に拘束されて、連絡がいった防衛省に身元を保証してもらうまでは留置所の中で過ごすことになるかと思いますよ」

「なるほど。絶対にやらないようにします」

「そうですね。候補生の皆さんには自衛隊内における三等尉官相当の立場が与えられていますが、それらは防衛省内での立場を明確にするために与えられた肩書ですから」

その立場もあってか、自衛官は明らかに年下である天理にも敬語を崩さない。

「候補生に対する規定等には目を通されていると思いますが、行動次第では厳罰が与えられることもあるのでお気をつけください」

「はい、そこは目を通してあるので大丈夫です」

候補生が行うことは単純だ。

与えられた端末から指令を受け取り、最寄りの自衛隊等から輸送されて現地に向かい、確認された異界の中に立ち入って悪霊を討伐する。

逆に言えば、それ以外は何も求められていない。

候補生には今回の件に関する緘口令、指令伝達と候補生の所在を明らかにする専用端末の所持義務、《霊器》の不正利用等に関する罰則が設けられているくらいで、平時は普段通りに過ごして招集を受けた場合だけ現地に赴く形態となっている。

候補生の大半は悪い言い方をすれば『異能が使えるだけの一般人』なので、組織的な行動や統率の取れた部隊行動は期待されていないのだろう。

「我々は候補生の皆さんは重要な戦力だと考えています。実際に異界攻略や悪霊狩りにおける《霊器》の有用性も確認されていますからね」

悪霊だけならば自衛隊が所有する現代火器を山のように持ち込んで対処することも可能だろうが、そこで問題となるのが『異界』という空間そのものだ。

異界の内部は外から観測できず、実際に立ち入ることでしか状況を把握できない。

これまでにも異界と悪霊に対処するため、幾度となく自衛隊や各国の軍隊が出動したが、その度に部隊の半数近くが壊滅して戻ってくるという悲惨な成果ばかりだった。

それこそ意気揚々と戦車やミサイルを持ち込んで異界に入ったはいいが、内部の大半が海中のような場所に変貌しており、持ち込んだ装備類が使い物にならないどころか全て破棄することになって、最終的には部隊が全滅したという事例さえ存在している。

しかし……候補生が所有する《霊器》は現代火器と比べて携行性に優れ、その異能には汎用性と応用性があり、それでいて攻撃性能は現代火器さえも上回っている。

だからこそ、《霊器》を扱うことができる候補生に異界の対処が任せられた。

「我々が行うのは異界周辺の封鎖や住民の避難、確認された異界に対して候補生を安全に派遣できる移動手段の提供、その道中における護衛と装備類の支給だけですが……決して無理をせず、皆さんは無事に戻ることを最優先に行動してください」

「分かりました。御覧の通りの小娘なので期待に応えられるか分かりませんが、死ぬのは嫌なので危なくなったら全力で逃げさせていただきます」

そう静かに頭を下げたところで、ヘリの高度が徐々に下がっていった。

視界の大半が緑によって覆われた山間部。

何の変哲もない、長閑な光景が広がる田舎。

かつて人が通っていたと思われる道はコンクリートすら敷かれておらず、目立った人工物は田畑や住居、そして朽ちかけたバスの停留所や年季を感じる木造の集会所などで、時が違えば訪れた人間をノスタルジックな気分に浸らせる素晴らしい場所だっただろう。

だが、それは過去の話だ。

今は道らしい道は自衛隊の車両によって封鎖されており、周囲には仮設されたテント群と自動小銃を携えた自衛官たちが粛々と準備を進めながら周辺の警戒に当たっている。

そして……古びた学校のグラウンドに着陸したところで、天理は地面に降り立った。

すると、近くにいた自衛官の一人が天理に駆け寄ってくる。

「恐れ入ります、候補生としての証明をお願いします」

「ええと……証明は《霊器》を見せればいいんでしたっけ？」

「はい。《霊器》を出現させるところを確認できれば問題ありませんので」

その言葉に従って、天理は自身の手に赤光を纏う剣を生み出して地面に突き立てる。

それを確認し、自衛官が大きく頷いてみせた。

「ありがとうございます。それでは候補生専用の仮設テントに御案内します」

「あ、すみません。もう一度事前に送られていた情報を確認しておきたいので、歩きながら端末を見ていても構いませんか？」

「分かりました。足場が悪いので足元には気をつけてくださいね」

承諾を得てから、天理は端末を手にしながら自衛官の背中を追う。

事前に『異界』と化した場所の情報は与えられている。

埼玉県西部の山奥にある日垣村。

その村にあった区画の一部が一ヵ月ほど前に異界と化し、住民だけでなく様子を見に来た近隣の血縁者など八名の安否確認ができず、異界の犠牲になったと推測されている。

だが、それでも少ない方だと天理は思ってしまった。

なにせ十年前は異界や悪霊に関する情報も少なかったため、妙な噂を耳にした心霊愛好家や廃墟マニア、動画配信者などが多数異界に足を踏み入れていたと推測されている。

その中には忽然と姿を消して行方不明となった者たちもおり、当時急増した行方不明者の八割近くが異界に取り込まれた被害者であるとも言われている。

しかし現在は『外部から観測できない』という異界の性質を利用し、衛星によって異界の規模を想定し、その近辺で観測機器を用いることで境界部分を外部から正確に測定するといった手法を取っている。そうして異界と化した地域には『有毒ガス等の発生』という名目の下、地元の警察機関によって住民の避難誘導が行われるといった手筈だ。

今回の日垣村についても既に周辺住民の避難は完了しており、避難生活は強いられているが住民たちの中で新たな犠牲者が出たという話は上がっていない。

だが、異界を放置し続ければ遠くない未来で新たな被害が生まれる。

そこに異界が存在する限り、二度と人間が立ち入れない場所へと成り果てる。

「こちらが候補生の仮設テントです。班長への到着報告の後、支給品等で準備を整えてから作戦行動を開始してください」

そう事務的な口調で告げたところで、自衛官は敬礼してから立ち去っていった。

一人取り残された中、天理(てんり)は目の前にあるテントを見つめる。

「……さすがに、何もしないってのは後味悪いですからね」

悪霊狩りという荒事については他の候補生に丸投げするとして、生存者が残っていた場合の救護や治療といった非戦闘員としての役割は果たすべきだろう。

そう天理が気を引き締め、自衛隊が仮設したテントに差し掛かったところで——

「——どうしてこんな奴(やつ)がいるんだッ!!」

テントの中から怒号が聞こえてきた。

静かに天幕を捲(まく)ると、何人かが一人の男を取り囲むように距離を取っている。

「ヒヒッ……こんな奴とはァ、ずいぶんな言い草じゃねェのかい」

落(お)ち窪(くぼ)んだ目元と爬虫類(はちゅうるい)のようにギラギラと光る目。

そして他人を嘲るように吊(つ)り上(あ)がった口元。

渦中にいる痩身の男は、おどけるように肩を竦(すく)めてみせる。

「オレもこれから一緒に戦う仲間なんだぜェ？　みんな仲良く肩を並べて、ゴキゲンに歌でも口ずさみながら酒を酌み交わせば兄弟ってなァもんだろ？」

「うるせぇッ！　このイカれた犯罪者がッ!!」

角刈りの候補生が発した『犯罪者』という言葉を聞いて、天理はその顔を思い出した。

『茶原頼隆』

西欧諸国を渡り歩いて殺人や強盗といった重罪を犯し、収監の度に脱獄して逃亡していたが、つい最近になって潜伏していたところを国際警察によって捕らえられ、各国で裁判を行うために護送中であると報じられていた。

「おいッ！ 誰か今すぐ自衛隊の人間を呼んできてコイツを拘束させろッ!!」

「拘束だァ……？ おかしなことを言うじゃねェか。オレはその自衛官様たちに頭を下げられて、ご苦労様ですって挨拶されながら案内されて来たんだぜェ？」

この付近には自衛官だけでなく、封鎖や巡回のために多くの警察も動員されている。

護送中に脱走したのであれば即座に拘束されているはずであり、そうでなくとも茶原のような人間が理由もなく異界に近づくはずがない。

「つまり――オレも《善霊》に選ばれた候補生ってなァわけだ」

口を裂くように、茶原が笑みを浮かべる。

「ヒヒッ……いきなり妙なジジイの夢を見るようになって、手品みてェに《霊器》なんてものが出せるようになった時はついにイカれちまったと思ったがァ……そのおかげで候補生様とか呼ばれてシャバに出れたんだから、ありがてェ話ってもんだぜ」

クックツと喉を鳴らす中、茶原がぐるりと顔を動かした。

「さァて……また新しい候補生様がご到着したみたいだぜェ？」

その視線は、顔を覗かせていた天理を捉えている。

「イッヒヒ……しかも派手な見た目の若い嬢ちゃんときたもんだ。こんな子猫ちゃんまで一緒なら、クソつまらねぇ仕事にも精が出るってェもんだよなァ？」

茶原が舌なめずりをしながら、天理に向かって歩き出す。

その異様な気配を感じ取り、天理が僅かに身を引いた時――

「――悪いが、挨拶は俺の方からで構わないか」

迷彩服を着た男が天理たちの間に割って入った。

「俺は古崎賢治だ。元自衛官で、今回の異界対処で班長を任命されている」

茶原を睨みつけながら、古崎と名乗った男は一歩踏み出す。

「ここにいる以上、お前が候補生であることは認めよう。だが……今のように不和を招くような言動を取るなら見過ごせない」

「オイオイ、そっちが勝手にオレを除け者扱いしたんだろォがよ？」

「その点についてはこちらも謝罪しよう。しかしお前の経歴を考えれば他の候補者が嫌悪や警戒を抱くのも当然の反応だ」

そう告げてから、古崎は先ほど口論していた候補生に顔を向ける。

「茶原と言い合っていた人間と……他にも茶原が信用できないという者がいたら、行動を共にして協力して見張るといい。ただし茶原が危害を加えない限り、そちらも一切手出しをしないようにしてくれ。それで双方とも構わないだろう」

「ハッ……なるほどねェ。リーダーが言うならオレたちは従うしかねェよなァ?」

厳然とした態度の古崎に対して、茶原は薄ら笑いを浮かべながら言葉を返す。

候補生たちは十名で一班の編成となっている。

その中には戦闘や部隊行動の経験がある人間が班長として組み込まれており、異界内での方針決定や候補生たちの管理統率を行う予定となっている。

彼らは候補生たちの行動を制限するほどの権限は持たないが――

「俺たち班長は試験的な立場として異界に立ち入り、既に悪霊を狩った経験のある人間だ。全員が生きて帰ることができるように努めるので、俺の言葉と決定には従って欲しい」

「オレは死にたくねェから従うぜェ?　だからそこでオレを睨みつけてるボンクラ共が余計なことをしないように、リーダーの方でしっかり躾けときなァ」

そのまま踵を返し、茶原は口笛を吹きながらテントの隅にどかりと座る。

他の候補生たちも納得したのか、茶原を避けるように別の一角へと向かっていく。

それを天理がぼんやりと確認していた時、古崎が強張った表情を解いて振り返った。

「大丈夫だったかい、穂羽さん」

「ええと……はい、どうもありがとうございます?」

突然名前を呼ばれ、天理は戸惑いながら言葉を返す。

自身の所属する班長や班員の名簿は端末に送信されているが、実際に班員同士で顔を合わせるのは今日が初めてだ。

それなのに古崎が妙に親しげな様子で天理の名前を呼んできたので、反射的に警戒心を露わにしてしまった。

そんな天理の様子に気づいたのか、古崎が苦笑しながら頭を掻く。

「ああ……警戒させてすまないね。あの時は君も小さかったし、俺はすぐに昇任して配属が変わったから記憶に残ってないかもしれないね」

「小さい時って――」

そこでようやく、古崎の顔と自分の中にある記憶が繋がった。

一時期、天理は片桐に連れられて自衛隊の駐屯地に通っていたことがあり、当時は天理が八歳だったこともあってか、他の自衛官たちも天理のことを気に掛けてくれていた。

その中の一人に、古崎とよく似た人物がいたのを思い出した。

「……もしかして、坂上さんですか？」

「え？　ああ……そういえば君と出会った頃は結婚した直後だから姓が違ったのか」

一瞬怪訝そうな表情を浮かべながらも、古崎は納得したように頷いた。

「古崎は俺の旧姓でね。自衛隊を退職して妻と別れた後に姓を戻したんだ」

「あー……すみません、そのせいで顔と名前が一致しなかったのかもしれないです」

「気にしなくていいさ。むしろ俺のことを覚えていたことに驚いたよ。俺は片桐とか他の奴らほど構ってあげられなかったし、あんまり印象に残っていなかっただろうしね」

天理がぺこりと頭を下げると、古崎は苦笑を浮かべる。

「それに……あの時は君自身が誰よりも大変だっただろうからね」

異界で母と別れた後……天理は特別警戒地域と呼ばれていた異界の周辺で発見されて、周辺の警戒と巡回を行っていた片桐によって保護された。

しかし天理の父親は既に他界しており、祖父母とは連絡すら付かなかった。

そこで天理の心身ケアという名目で同性の片桐が保護者役を申し出てくれたわけだが、それが無ければ異界という地獄から生還した後も、天涯孤独というハードな人生を送るところだったのだ。本当に片桐には感謝してもしきれない。

「元気そうでよかったよ。ずいぶんと大人びていたから本人か分からなかったくらいだ」

「いやぁ、私も背伸びしたい年頃くらいには成長したってやつです」

「その感じも変わってないね。まぁ俺たちみたいなガタイの良い奴らに囲まれても平然としていたし、片桐から母親を探すために候補生になったと聞いて納得したよ」

そう朗らかに笑ってから、古崎は大きな手のひらで天理の頭を軽く叩(たた)いた。

「とりあえず荒事は俺たちに任せてくれていい。退職した身とはいえ、戦闘は俺たちの方が圧倒的に慣れているし、連携が取れる奴も二人いるからな」

「……連携が取れる奴？」

「ああ――中岸(なかぎし)、工藤(くどう)ッ！　ちょっと来てくれッ!!」

古崎が声を張り上げると、離れた位置にいた二人組が近づいてきた。

髪を明るい茶色に染めた長身の男と、眼鏡を掛けた小太りの男。

「紹介するよ、穂羽さん。このチャラそうな男が中岸友也、眼鏡の小太りが工藤隆志だ」

「ええ……古崎さん、女の子に対してその紹介は酷くないっすか？」

「僕は……前よりもぽっちゃりになったから何も言えないかな」

三人が親しげに笑い合っているのを見て、天理もなんとなく察しがついた。

「もしかして、お二人も自衛隊に所属していたんですか？」

「そうそう！　古崎さんが当時の班長で、俺と工藤は同室のバディってやつさ！」

「まぁ古崎さんが辞めた時に、僕たちも退職しちゃったんだけどね」

「だけどお前たちは俺と違って再就職しただろう。中岸は民間警備員、工藤は子供の頃に憧れていた警官になったわけだしな。一応現役ってことで今回は頼りにしてるぞ」

「うっす！　昔みたいにシバかれないように頑張りますッ!!」

「ははは、それなら僕も連帯責任ってことで頑張ります」

二人とも退職した後も上官であった古崎を慕っているようで、中岸は少年のような憧れの眼差しを向け、工藤は敬意を払うように一歩引いている。

部外者である天理が見て分かるほど、三人の強固な関係性が見えた気がした。

「だけど……なんで穂羽ちゃんは候補生になったんだ？」

「そこは色々と事情があるので話せないんですけど……お二人は古崎さんに声を掛けられて候補生になったんですか？」

「おうよッ！　そりゃあ古崎さんに呼ばれたら駆けつけねぇとなッ!!」

「まぁ中岸は選ばれたことにテンション上がって参加した感じだけどね」

「そりゃ夢の中で『君は選ばれた』とか言われて、めちゃカッコイイ武器と異能が使えるようになったら誰だってテンション上がるだろッ!?」

「そんな理由で命懸けの作戦に参加できるのはお前くらいだよ……」

「そりゃ嫁さんと子供を守るってお前に比べたら――」

　中岸がそこまで口にしたところで、急に目を見開いて言葉を止めた。

　そして……その視線が古崎に対して向けられる。

　そんな中岸の挙動から何かを察したのか、工藤がすぐさま口を開いた。

「とにかく穂羽さんは僕たちの傍を離れずに安全を確保していればいいよ。そこのアホなチャラ男は頑丈で面倒見の良い性格だから、いざとなったら盾にしてもいいからね」

「分かりました。全力で隠れて盾にします」

「穂羽ちゃんも酷いな!?　というか盾なら体積的に工藤だろッ!!」

「僕のこれは筋肉だからね？　前に腕相撲で僕に全敗したのを忘れたのかい？」

　それが普段の二人のやり取りなのか、互いに煽り合いながら睨み合っている。

　そんな中、天理は愛想笑いを浮かべながら別の事柄に思考を割いていた。

《善霊》による候補生の選定方法は『夢』によって行われている。

　候補生たちは「夢の中で自分の記憶にはない他人の人生を追体験した」と証言しており、それが連日続いたことによる心身の不調で医者に掛かっている。

そして、その夢は『君は選ばれた』という言葉と共に消失したとも証言している。

患者の中に《霊器》という異能の道具を出現させる者たちがいたことから、防衛省は過去の医療記録から該当する人間たちをピックアップし、今回の作戦行動における候補生として招集したと説明していた。

だが――

「騒がしい奴らですまない。だけど何かあった時は頼りになるだろう」

「あはは……私は足手まといなので、存分に頼らせていただきます」

古崎に言われ、天理は思考を止めて軽く頭を下げる。

「食糧や探索用の装備といった支給品は隣のテントに一通り揃っている。まだ一人到着していないが、定刻には異界に突入する予定だから準備は怠らないようにな」

「ああ……そういえば確かに一人足りませんね」

テントにいるのは天理、古崎、中岸、工藤、そして茶原と他の候補生四人だ。

そして――最後の一人についても天理は知っている。

「……穂羽さん、眉間にシワが寄ってるけどどうしたんだい？」

「すみません、最後の一人を思い出したら反射的に顔がブサイクになってしまいました」

思い出すだけでも顔が歪んでしまう人物。

その姿を天理が思い返していた時――

「――あ、やっぱり天理ちゃんだーっ!!」

背後から響いた明るい声と共に、天理の身体に軽い衝撃が走った。

「うわー、リシアさんお久しぶりでーす」

「天理ちゃん、目が死んでるけど一週間で感情とか失っちゃったの？」

「残っていますけど主に嫌悪とか怒りといった負の感情ですかねー」

リシアがきょとんと首を傾げていると、その背後にある天幕が開かれた。

以前と変わらない全身黒ずくめの姿。

そして、テントに入ってきたハルトに対して古崎が声を掛ける。

「君が浅江遥斗くんか？」

「そうだ」

「俺は古崎賢治、同じ候補生としてよろしく頼む」

手を差し伸べた古崎に対して、ハルトは視線すら合わせることなく背を向ける。

「これで用件は済んだ。異界に向かうぞ」

「えぇーっ！　まだ天理ちゃんと感動の再会を演出してないんだけどっ⁉」

「ここに来たのは他の候補生が動き出せるように到着を告げろと命じられたからだ。お前が気に入っている小娘と会わせるためではない」

「ぶぅー……本当にハルトくんは厳しいんだから」

口を尖らせながら、リシアは不満を表すようにパチンと指を打ち鳴らす。

しかし、それを止める声があった。

「……待ってくれ。まさか一人で異界に入るつもりなのか？」

呼び止めた古崎に対して、ハルトは首だけを動かして視線を向ける。

「そうだ」

「君は知らないかもしれないが……異界はまともな場所じゃない。単独で突入するなんて危険すぎるし、それを黙って見過ごすわけにはいかない」

「理解している。しかし異界侵入後の行動は候補生各自の判断に一任されているはずだ。それならば単独行動を取ったとしても何ら問題はない」

「だが、俺は班長として全員を無事に――」

「そうか」

古崎の言葉を短い返答で遮り、聞く耳すら持たずにハルトは踵を返した。

「話は終わりだ。これで失礼する」

「それじゃ天理ちゃん、また会おうねーっ!!」

ぱたぱたと手を振るリシアの首元を掴み、そのままハルトはテントを出て行った。

突然現れて即座に立ち去ったハルトを見て、中岸が怪訝そうに表情を歪める。

「なんだったんすか、あいつ」

「……さあな。それより俺たちも装備を整えて準備しよう」

古崎の指示に従って、候補生たちが武装や無線機などを身に着けていく。

しかし、天理はその場から動かずにいた。

違和感の正体を探るために、何度も頭の中で思考を巡らせ続けていた。

「ほら、穂羽さんも」

古崎が呼びかけながら手を差し出してくる。

小型の無線機とインカム、発信機と受信機。

そして——一丁の拳銃。

「使い方は分かるかい？」

「はい。事前に片桐さんから教わりました」

「まぁ何も起こらない限り集団で行動すると思うから、使い方が分からなかったとしても
俺や他の者たちがいれば大丈夫だろう」

その古崎の笑顔と、差し出された装備を見つめる。

少しの間を置いてから……天理はおずおずと装備を手に取った。

それを確認したところで、古崎は鷹揚に頷いてから顔を上げた。

「それでは準備を進めつつ、改めて突入後に取る行動を確認しておく」

テント内にいる候補生に向けて、古崎が表情を改めてから告げる。

「作戦の最終目標は、異界を創成している悪霊を狩ることだ。発生源である悪霊を狩れば
異界は消滅し、変質した区域についても元の状態に戻ることが確認されている」

異界を創り出している悪霊さえ狩ってしまえば、変質した環境は全て元通りになる。

対処方法だけで言えば非常に単純で分かりやすいものだ。

「悪霊は体内に『魂核』という心臓に等しい器官を持ち、それを物理的に破壊することで活動を停止して異界と共に消滅する。悪霊とは言われているが、実際のところは質量のある肉体を持った新生物のようなもので、銃火器といった武装でも殺傷できる存在だ」

一般的に『霊』と言われたら半透明で壁や地面をすり抜けたり、物理的に触れることができないイメージだろうが、悪霊はそれらのイメージとは大きく異なっている。

地上に生息している様々な生物のように確固たる質量を伴った肉体を持ち、人間の心臓に等しい『魂核』を潰すことによって殺すことができる。

だが……それを阻むのが『異界』という悪霊の生み出した空間だ。

「悪霊が異界を創成する目的は、自身の縄張りに迷い込んだ人間を捕食するためであり、同時に悪霊自身を守る要塞としての役割も持っている。そのため一つの異界に悪霊は一体しか存在しないが……異界という空間そのものが脅威対象となるため、探索によって異界の性質を見極めてから、悪霊を見つけ出して狩るのが安全かつ確実な方法だ」

そう告げたところで、古崎(ふるさき)はその場にいる者たちに言った。

「今回の異界は一ヵ月前に発生した。突入するのは俺たちが初めてだ。事前情報が少ないので慎重に探索を行い……そして最悪の状況に陥った場合、探索して得た情報を外部に持ち帰る、もしくは手記等に記録することを優先して欲しい」

古崎の言う『最悪の状況』は容易に想像できる。

突入した候補生が全滅し、自分一人が取り残された状況。

異界と迫り来る悪霊から逃れることができず、ただ死を待つしか無い状況。

「悪霊は異界の範囲内での活動しか確認されていないため、異界の外に出ることができれば追って来られない。最後の一人になった者は全力で逃げて生き延びてくれ」

表情を引き締める候補生たちを眺めてから、古崎は大きく頷き——

「——これより、第十一班による異界攻略作戦を開始する」

◇

悪霊が生み出す『異界』とは、その名の通り異次元と呼ぶべき世界だ。

異界では常識が通用しない。

異界では物理法則さえも無視される。

異界では全ての存在が命の危険に繋がる。

それが共通認識と言えるだろう。

だからこそ、候補生たちは警戒しながら『異界』に足を踏み入れたが——

「古崎さん……本当にここって『異界』の中なんすよね？」

「……ああ。歩いた距離から考えて、既に異界の中に入っているはずだ」

そう古崎は答えたものの、その表情には僅かに困惑した様子が見られる。

それは二人だけでなく、他の候補生たちも同様だった。

『異界』に足を踏み入れてから、既に十分以上経過している。

しかし、周囲の風景に変化は見られない。

長閑な森林風景が広がり、穏やかな葉擦れの音や鳥の鳴き声が響き、歩き進んで行く合間に荒廃した自然に冒された民家があるだけだ。

噂に聞いた異形の姿も無ければ、常軌を逸した光景も見当たらない。

「古崎さんが事前に入った異界ってどんな感じだったんすか？」

「班長選抜のために入った異界は『氷の天井で閉ざされた世界』だった。異界に足を踏み入れた瞬間に景色が一瞬で変わって、天井から氷が触手のように伸びてきて、氷に触れたものを凍らせるといった感じの場所だったが……」

そんな古崎の言葉を聞いて、他の候補生たちが安堵の笑みと共に口を開く。

「もしかして、もう悪霊がいなくなっちまったんじゃないか？」

「それか、まともな異界すら作れない弱い悪霊だったりしてな」

そんな楽観的な会話が出るほど、候補生たちの緊張感は緩みつつあった。

歩き続けても見慣れた風景しかなく、悪霊の姿も見当たらないのだから当然と言えば当然だろう。

それでも天理は油断することなく周囲を観察する。

長閑で、和やかで、自然が溢れている光景の中にある違和感を探る。

そして――

「――本当に、何の変哲もないんですかね？」

そう天理が呟いたことで、古崎が怪訝そうな表情と共に振り返る。

「何か気になることがあったのかい、穂羽さん」

「いえ……なんというか、少し緑色の植物が多いような気がしたものですから」

「確かに植物が多くて荒れているような気はするけど……住民が避難して人の手が入らなくなったわけだし、別に気にするほどじゃないだろ？」

そう口を挟んできた候補生の一人に対して、天理は首を横に振りながら答える。

「資料が正しければ、この土地に『異界』が発生したのは一ヵ月前です。いくら人の手が入っていないとはいえ、それだけの期間で自然に侵蝕されるとは考えられません」

近くに見える民家の壁面には無数の蔦が這い、屋根には様々な植物が芽吹いているが、ここまで荒廃しているのは異常だと言っていいはずだ。

「それと、もう一つ気になったのは『緑色の植物』が多いことです」

「……いや、植物なんてほとんど緑色だろ？」

「植物が多いのに目立つような花が見当たらないのと、やたらと木の幹も苔に覆われていて『緑』が強調されている気がするんですよね」

異界の中である以上、鳥といった野生生物の姿が見当たらないのは分かる。

樹木に苔が生えている点も大きな違和感とは言えないだろう。

だが……これだけ豊かな自然が広がっているにもかかわらず、色鮮やかな花々が見当たらないというのは不自然としか思えない。

不自然であるということは——そこに何らかの意思が介在しているということだ。

だからこそ天理は視線を巡らせて周囲を観察する。

そして、天理の視線が地面に向いたところで——


ヒュ、と笛のような音が聞こえてきた。


それは木々の合間で囀る鳥の鳴き声にも聞こえた。

だが、それは違った。

ヒュ、ヒュ、ヒュ、ヒュ、ヒュ——

静まり返った自然の中で、強弱を付けながら不気味な音が響き渡ってくる。

その異様な空気を察し、その場にいる候補生たちが構えを取る。

「——来るぞ」

そう古崎が皆に向かって呟いた直後、天理たちの視界にあった木々が揺れた。

『それ』は、形容するのであれば大蜥蜴のような生物だった。

溢れる自然の中に擬態する、カメレオンにも似た爬虫類。

しかし、『それ』が何であるかを明確に説明することはできない。

「ヒュ、ヒュ……ヒュ、ヒュヒュ――」

笛のような不気味な音は『それ』から発せられていた。

それはホイッスルの音だった。

ヤマアラシの棘のように背中に突き刺さっている無数のホイッスル。

それはおそらく、林業者や地元の人間が熊避けのために使っていたものだろう。

「ヒュッ、ヒュッ、ヒュッ、ヒュッ――」

そして、そのホイッスルを鳴らしているのは――


大蜥蜴の背中を埋め尽くす、人間の口元だった。

鱗のように生えた人間の口元が見慣れた白歯によって噛まれ、時折歯が擦れることによってガリガリとプラスチックや金属を削る音が聞こえてくる。

死者に成り果てながら、壊れてしまった世界を今もなお彷徨い続ける異形。

「――悪霊」

そう古崎が呟いた瞬間、角刈りの男が一歩踏み出した。

「なんだよ……どんな化け物が来るかと思ったら、ただ見た目がグロいだけかよ」

声は僅かに震えていたが、その表情には余裕の笑みがあった。

実際、彼が下した評価は正しいものだろう。

天理たちが見ている蜥蜴の悪霊は人間と同程度の大きさしかなく、身の毛のよだつ悍ましい見た目ということを除けば大きな蜥蜴でしかない。

しかも様子を窺っているだけで、襲い掛かろうとする素振りすらもない。

「悪霊が異界を創り出しているから、その悪霊をブッ殺せば消滅するんだったよな」

だからこそ――

「――そんじゃ、さっさと終わらせて帰ろうぜ」

蜥蜴の悪霊を見据えながら、角刈りの男が大きく手を振った。

淡い光を放ちながら手の中に現出する道具。

それは――五つの歯車が付いた『箱』だった。

抱えるほどの大きな長方形の箱。

それを見て『武器』だと判断する者は誰一人としていないだろう。

だが――その箱には《善霊》から与えられた異能が宿っている。

「しっかり頼むぜ……パスカルさんよッ!!」

その箱を男が強く握り締めた瞬間――

右腕が青々とした葦によって覆われていった。

葦によって形成された深緑の篭手。

「悪霊だかなんだか知らねぇが――もう一回死んどけッ!!」

左腕を蜥蜴の悪霊に向けながら、角刈りの男が地面に向かって掌底を打つ。

一見、ただ無為に地面を殴りつけるだけの動作に見えたが——

その直後に、悪霊の身体が勢いよく跳ね飛んだ。

その悍ましい身体を歪ませ、ヒュ——ッッと悲鳴に似た笛の音を響かせる。

「オラァッ！　まだ終わってねぇぞッ!!」

間髪入れずに拳を地面に叩き込むと、蜥蜴の悪霊が不可視の拳に殴りつけられたように身体を歪ませ、中空に撥ね上げられる。

これが——偉人の持つ功績を異能に変える《霊器》の力だ。

現代において、圧力の単位としても名を残す偉人の功績。

『パスカルの原理』

流体静力学における基本原理とされるものであり、フランスの数学者であり哲学者でもあった『ブレーズ・パスカル』によって提唱された理論。

それは「密封容器中の流体に加えられた圧力は、その流体の全てに同じ強さで伝わる」というもので、油圧ブレーキやパワーショベルなど、数えきれないほど応用されて現代技術に用いられている著名な法則と言える。

その原理にのっとって、候補生が掌打によって加えた『圧力』が蜥蜴の悪霊に伝わり、殴り飛ばされるようにして押し出されたというわけだ。

突き出した左手と視線によって圧力の向かう先を指定し、葦に覆われた深緑の篭手に圧力を掛け、自身の肉体を密閉容器として力を伝えて押し出す。

ただの掌打にもかかわらず悪霊の肉体を歪ませていることから、その深緑の篭手自体にも圧力を増幅させる効果があるのだろう。

「っしゃァッ、やっぱり見かけ倒しだったなッ!!」

勝利を確信した角刈りの男が近くにあった砂利を拾い上げ、異能によって加えた圧力を利用して弾丸のように打ち出した。

散弾のように射出された小石が悪霊に向かって飛来し、その身体を抉り取って血に似た緑色の液体を周囲に飛び散らせる。

圧倒的に優勢なのは候補生の方だった。

だが——その程度で終わるのであれば、候補生でなくとも悪霊を狩ることができる。

「ヒユッ、ヒユッ、ヒユッ、ヒユッ——」

苦しげに笛の音を奏でながら、蜥蜴の悪霊が身体を激しく上下させる。

「ヒユッ——」

その音が鳴り止んだ直後だった。

悪霊の身体が——周囲の背景へと溶け込むように消えた。

しかし魂核が破壊されて、悪霊が消滅したわけではない。

その証拠に、周囲にあった木々が揺れて葉擦れの音が遠ざかりながら聞こえてくる。

「チッ……弱いくせに面倒なことしてんじゃねぇよッ！」

「待ってくださいッ！　迂闊に後を追ったら――」

天理が制止するように呼びかけるものの、角刈りの男は逃亡した悪霊を追って生い茂った深い森の中に立ち入って行く。

遠くなっていく背中を見ながら、古崎が小さく舌打ちしてから表情を歪ませる。

「穂羽さん、俺が彼を追うから最低限の情報だけもらえるか」

「……とりあえず迷わないように目立つ目印を付けながら進んで、もしも迷ったら可能な限り直進し続けてください。それで最悪の場合はこの『道』に戻れると思います」

「分かった……中岸、工藤ッ！　お前たちは穂羽さんから異界の詳細を聞いて、誰も森の中に入らないように監視していてくれッ!!」

そう告げてから――古崎は右手を勢いよく振り抜いた。

淡い光と共に現出した、白霧を纏った短剣。

自身の《霊器》を固く握り締め、古崎は角刈りの男を追って森に踏み込んで行った。

しかし、そんな古崎の剣幕を見ても他の候補生たちは楽観的だった。

「なんか必死な感じだったけど、あんなに弱いなら気にする必要ないんじゃね？」

「だよな。あの悪霊さえ殺しちまえば異界だって解除されるわけだし、あの二人だけに任せるより俺たちも追った方がいいんじゃないか」

いまだに状況を理解できず、そんな言葉を笑いながら口にしている。

その様子を天理が静かに眺めていた時――

「――それでェ、なんで嬢ちゃんは森に入った奴を止めようとしたんだァ？」

茶原がニヤニヤと笑いながらそう言葉を発した。

全員の視線が天理に集まったところで、茶原が言葉を続ける。

「オレァそこにいるボンクラ共と違って、この場所が明らかに狂っていることに気づいてるもんでなァ……それを止めたってことは嬢ちゃんも何か気づいてんだろ？」

「そういえば、古崎さんも穂羽ちゃんに異界の詳細を聞けって言ってたよな？」

中岸が追従したことによって、全員が注目しながら天理の言葉を待っている。

そんな状況に天理は眉をひそめながらも、小さく溜息をついてから口を開いた。

「……ここが『異界』だから止めたんですよ」

「別に異界って言っても無駄に木や草が多いだけじゃないか」

「それなら、どうして無駄に草木が多いんですか？」

「…………はぁ？」

「先ほども言いましたが、一ヵ月で家屋が侵蝕を受けるほど自然が広がるのは異常です。明らかに悪霊は何らかの意図を持って、自身の領域である異界に手を加えています」

「意図って……あんな化け物が考えて動いているわけ――」

「いいえ、悪霊は人間と同等の知能を持っているんですよ」

その言葉を遮って天理は断言する。

「見た目こそグロテスクな化け物ですが、少なくとも悪霊は思考して行動し、学習して対策を講じ、私たちという獲物を捕らえるために罠(わな)を仕込んで、自身が優位であると判断すれば弄(もてあそ)ぶようなことさえします。それは知能を持つ存在が取る行動です」

だからこそ、悪霊を容易に狩ることができない。

ただの獣と違い、人間と同じように思考して行動する存在であるからこそ、こちらの動きに対して明確に対処を行ってくる。

銃を持つ人間がいれば、それが使えない状況を作り出そうとする。

相手が複数人いれば、一人ずつ確実に刈り取ろうとする。

自分が不利だと判断すれば、有利な状況へと事態を運ぼうとする。

「とりあえず、死にたくないなら森の中に入らない方がいいと思いますよ。これだけ緑が深いと、私たちの進んでいる道が見えなくなった途端に現在地を見失いますからね」

「それだけじゃァ、オレたちは何も分からなくて森に行っちまうぜ？」

「あーはいはい。ちゃんと説明してあげるんで急(せ)かさないでください」

茶原に向かって面倒(めんどう)そうに手を振ってから、天理は全員に問いかける。

「皆さん、今まで歩いてきた中で見てきた民家の数を覚えていますか？」

「ヒヒッ……それなら十二軒だよなァ？」

「……いや待ってくれ、五軒か六軒くらいだろう？」

「俺が見たのは八軒くらいだったと思うけど……」

誰もが異なる数字を口にしたのを確認したところで、天理は静かに頷いた。

「私も確認したのは十二軒です。正確には十二回建物を見たというのが正しいですが、これだけ全員の認識に齟齬が出ているということは完全に感覚が狂っている証拠です」

ずっと同じような光景が続けば、人間の注意力や認識力は散漫になっていく。

建物という目立つようなものでさえ、自然に覆われていたせいで正しく認識することができず、差異が生まれるほど視覚や記憶力が曖昧になっている。

さらに、この異界には『道』が存在している。

「この森は樹海で、『道』は高速道路みたいなものなんですよ。ずっと同じ景色、周囲を警戒しながら全員で同じ速度のまま歩き、同じ色合いを見続けるせいで緊張が緩み、集中力と判断力が欠如するわけです」

だからこそ、僅かな時間で感覚が大幅に狂わされた。

しかし、本来であれば『道』には終わりがある。

森を抜けて別の景色を目にすれば、狂っていた感覚が徐々に戻っていく。

「ですが……そもそも、この区画に十二軒もの民家は存在していません」

異界となった区画は山間部の中でも奥まった場所であり、この区画内に存在している家屋は七軒で空き家も存在しない。つまり十二軒の建物が確認できるはずがない。

それらの情報から導き出した異界の特性——

「――この『異界』は、延々と同じ場所を繰り返す閉鎖空間です」

　その言葉に候補生たちが僅かに息を呑む。

「……つまり、俺たちはずっと同じ場所を歩いていたってことか？」

「はい。『異界』の外に出ようとすると、特定の地点に戻されるんだと思います」

「だけど……同じ場所を歩いていたんなら、さすがに気づきそうなものじゃないか？」

「だから気づかれないように周囲を『緑色の植物』で覆ったんだと思いますよ」

　緑色という単一の風景色。

　草木の侵蝕によって個性を失った民家。

　その中で唯一判然と在り続ける『道』。

　立ち入った人間は『道』に従って歩き続け、気づかないままに視覚や方向感覚だけでなく、変化の乏しい景色のせいで集中力や判断力が散漫になっていき、時間だけを無為に消費して体力を失っていく。

「ここの民家は互いの距離が離れていますから、民家が見えなくなる切れ目のような場所がループ地点なんでしょうね。周囲は目印もない大自然なので気づきませんし」

「ヒヒッ……なるほどなァ。視界や距離感も狂ってればァ、同じ民家を見ても別物だと思い込んで、アホみたいにぐるぐる巡ってることなんか気づきやしねェや」

　そう天理の言葉に同調してから、茶原は口角を吊り上げる。

「それで……自分がどこにいるのかも分からなくなって、延々と森を彷徨い続けて白骨死体の出来上がりってわけだァ」

「そういうことですね。顔は凶悪ですけど意外と理解力はあるじゃないですか」

「そっちも派手な見た目と違って、意外とインテリだったみたいだなァ？」

天理が茶原と言葉を交わしていた時、候補生の一人が声を上げる。

「そ、それなら俺たちも一緒に森へ入って悪霊を狩るべきじゃないか？　悪霊がいる限り異界は消えないわけだし、このままじゃ永久に出て来られないってことも――」

「まぁその通りなんですけど、さっきも言ったように視界が悪すぎるのと……異界の範囲からして、悪霊を見つけ出すこと自体が難しいんですよね」

そんな言葉を返しながら、天理はその場に屈んで手を伸ばす。

地面に落ちていた、土にまみれている一発の銃弾。

「私は異界に入ってから二〇メートル間隔で銃弾を落としていました。私たちは突入後に一度も後退していないのでループしていることは確実。そしてここまで落としてきた銃弾は十五発なので、円状に展開されているなら直径三〇〇メートルが範囲ってところです。闇雲に探し回ったところで、姿を消す悪霊を見つけ出すのは無理です」

そう溜息と共に説明してから、天理は再び銃弾を落とす。

「とりあえず全員で固まっていれば悪霊には襲われないので、森に入っていった二人が帰ってきてから改めて方針を決めるのが最善でしょうね」

「……どうして襲われないなんてことが言い切れるんだよ？」

「襲えるんだったら、わざわざ私たちの前に姿を現す必要がないからですよ」

蜥蜴の悪霊が音を発するまで、天理たちはその存在に気づくことができなかった。

もしも姿を消したまま天理たちを殺せるだけの力があるなら、そのまま自然に溶け込んで殺していけば済んだはずだ。

それなのに、蜥蜴の悪霊は自ら姿を現して自身の存在を明らかにした。

それも笛を鳴らすという何よりも目立つ形で、だ。

「たぶん姿を現して、追ってきた人間を森の中で孤立させてから一人ずつ喰っていく算段だったんでしょう。しかし《霊器》で反撃されるというのは想定していなかったと思うので、餌が弱るまでは身を隠しているんじゃないですかね」

「餌って……」

「まさか、まだ理解できないなんて言いませんよね？」

そう天理が候補生の一人に告げると——背後から葉擦れの音が聞こえた。

その場にいる全員が振り返り、警戒と共に視線を向ける。

しかし、その音は草木を規則的に踏み分ける足音だった。

そして……足音だけでなく、何かを引きずるような音が混じっている。

足音が徐々に天理たちへと近づき、藪を掻き分ける太い腕が姿を現した。

「まさか……なんで、直進していたはずなのに……」

「古崎さんッ！　無事っすかッ!?」

古崎の姿を見て、中岸が駆け寄ろうと一歩踏み出す。

だが、中岸の足が途中で止まった。

そして他の候補生たちも古崎の背後を見つめながら硬直していた。

再会した面々の表情を見て、古崎は表情を歪めながら口を開く。

「すまない……俺が追いついた頃には手遅れだった」

その肩に担がれている見覚えのある角刈りの男。

その身体は力無くうなだれ、動く様子がない。

絶句している面々に向かって、天理は静かに告げる。

「異界に囚われたことで、既に私たちは餌として認識されて狙われています。間違っても悪霊を弱者と侮ったり、異界を普通の場所だと思わないでください」

はっきりとした口調で天理は告げる。

「そうでないと——次は私たちの誰かが死ぬことになりますよ」

胸から血を流し、絶命している角刈りの男を見つめながら。

◇

改めて自分たちの置かれている状況を理解した後。

その場にいなかった古崎に対して、異界の性質について再び説明を行った。

「……延々と同じ場所に戻される異界か」

身体に付いた血を拭いながら、古崎は眉をひそめる。

「穂羽さん、悪霊を殺す以外に他の脱出手段はあるかい？」

「何とも言えません。時間を掛ければ見つかるかもしれませんが、安易に森の中へ立ち入れないことを考えると、私たちが持ち込んだ食糧が尽きたら野垂れ死にます」

支給された装備類に水や糧食も入っているが、想定されていた異界の規模に合わせたもので多く見積もっても三日分しかなく、自生している野草や木の実を探そうにも、遮蔽物の多い森の中では悪霊の餌食になるのがオチだろう。

「なので、脱出と悪霊狩りは同義と考えていいでしょう」

「分かった……ところで、君は何をするつもりなんだ？」

「ちょっとした調べ物です」

そう言葉を返してから、天理はゴム手袋をはめる。

そして、横たわっている角刈りの男に視線を向ける。

「名前は水野考平さんでしたね。失礼させていただきます――」

角刈りの男の名前を口にしてから、天理は静かに手を合わせ――

その傷口に指先を突っ込んだ。

他の面々が驚愕と共に目を丸くする中、天理は気にせず傷口を弄る。

「お、おい……穂羽ちゃん何してんだ?」

「簡易的な検死です。彼がどのように殺されたのか知る必要があります」

「な、なにもそこまでしなくてもいいんじゃ……」

「私たちは彼が死んだところを見ていません。一見すれば心臓を突かれたのが死因ですが、そこに毒や別の要因が含まれていたら想定外の死を迎えることになりますよ」

軽く引いている中岸と工藤を無視して、天理は指先の感覚を頼りに傷口を探る。

「……血液が不自然に凝固していないので毒の可能性は低い。傷口の様子から腐食といった別の要因も見られなくて、周囲の臓器に広がっている様子もなくて——」

そう情報を整理していた時、古崎が天理の腕が軽く掴んで制止した。

「……穂羽さん、それ以上はやらなくていい」

「いえ、私は気にしないので大丈夫ですけど」

「たとえ君が気にしなくても、子供の君に遺体を弄らせるなんてことを大人として黙って見ているわけにはいかないってことだよ」

困ったように笑ってから、古崎は静かに首を振った。

「俺が彼の遺体を持ち帰ってきたのは、遺体を家族の下に返すためだ。できれば何も手を加えずに置いておいて欲しい」

「……分かりました。確かに非常事態とはいえ無礼だったかもしれません」

古崎に向かって軽く頭を下げてから、天理はゴム手袋を外した。

そんな天理の様子を見ていた茶原がクックッと喉を鳴らす。

「ヒヒッ……ずいぶんと肝っ玉の据わった嬢ちゃんじゃねェか。初めて死体を見て今さらビビってる他のタマ無し野郎共より好感が持てるってなァもんよ」

だが、と茶原は言葉を続ける。

「ただの嬢ちゃんが死体を見て悲鳴を上げるどころか、死体を弄ってまで調べようとするなんて普通じゃねェよなァ。それに異界についても妙に詳しすぎるってなァもんだ」

「……別に肝っ玉が据わってる女子高生ってだけですよ」

「とてもそれだけとは思えねェがなァ？」

無愛想に天理は答えるが、茶原が様子を窺うようにギロリと大きく目を動かす。

だが、それに対して天理は何も答えない。

そして――

「――彼女は世界で誰よりも『異界』について詳しい人間だ」

そう、古崎が声を上げた。

「君たちも記憶に残っているはずだ。八年前……数千人近くの人間が同時に姿を消したとされる、正体不明の大規模失踪事件があっただろう」

「それって……なんか毎日ワイドショーで騒がれてたやつだよな？」

「『全世界同時多発失踪事件』だろ。世界中で大量の人間が消えたってやつ」

候補生たちが口々に声を上げると、古崎が同意するように大きく頷く。

「その一年後に行方不明者たちは異界という別次元に引きずり込まれたということが判明し、異界や悪霊の存在が明らかとなって『特異対策室』の設立と各国への情報共有が為された。それらの情報をもたらしたのは……唯一異界から生還することができた当時七歳の少女であり、全世界で起こった大規模失踪事件は『異界事変』と名称が改められた」

その少女が異界から生還し、異界で起こった出来事や状況を仔細に語ったことで、防衛省を始めとする各機関は異界や悪霊の存在を認知することができた。

「――彼女は、その『異界事変』から生還した唯一の人間だ」

そう古崎が告げたことによって、天理は静かに目を伏せながら答える。

「……古崎さんの言った通りです。私は異界で一年を過ごした経験があり、多くの悪霊と異界を見てきました。だから様々な状況を想定して行動できたってわけです」

「ヒヒッ、なるほどなァ……そういうことなら早く言ってくれや。そうすりゃァ最初からお姫様の命令に従って騎士様みてェに守ってやったってのによォ」

「私が『異界事変』の帰還者であることは緘口令が敷かれているんですよ。知っているのは当時私を保護してくれた部隊の方々か、防衛省の一部関係者だけです」

「そして俺は当時彼女を保護した部隊に所属していた。こうして再会したのは偶然だが、彼女は異界攻略と悪霊の対処における専門家と言っていい」

そう言って、古崎は天理の肩に軽く手を乗せる。

「だから俺は班長として、彼女の指示に従うのが適切だと考えている。俺たちより経験と知識がある彼女なら、残された俺たちが生存して任務を遂行できる可能性も高い」

天理に対して疑念の眼差しを向けていた候補生たちが、古崎の言葉を聞いたことによって納得したように小さく頷く。

そして、天理は古崎の様子を横目で眺めながら静かに言った。

「まぁ知識はありますが、戦闘は素人なので他の方にお任せしていいですかね」

「ああ、それで構わない。それで今後はどうすればいい？」

「水野さんが悪霊に対して傷を負わせているので、最低でも二人以上で組んでいれば襲われる心配はないと思います。ただ森に立ち入ると迷う可能性が高くなるので、先に民家の中を捜索してロープとか目印になる物を揃えた方が無難ですかね」

「分かった。それなら全員で手分けして民家の探索をしよう」

そう古崎は大きく頷いてから、この場にいる面々を見回した。

「それじゃ民家の探索は俺と穂羽さん、中岸と工藤の二人一組で行う。残りの四人は『道』が見える範囲で悪霊の警戒と、森に目印を作って行動範囲を広げてくれ」

「あァ？　なんでオレがボンクラ共と一緒に行かないといけねェんだよ？」

「テントでの一件と、今もそういった言動を取っているからだ。俺たちは戦闘経験があるから少人数でも問題ないし、監視する人間を置く必要も含めて人数を多く割いていた方が他の人間も安心するだろう」

「ケッ……何もしてねェのにずいぶんな扱いだぜ」

悪態をつく茶原を無視して、古崎は静かに立ち上がって班の面々を見渡す。

「それじゃ、民家の探索を終えたら俺たちも森の探索に合流する。一応君たちにも言っておくが、茶原が危害を加えない限りは手を出さないようにな」

「ああ……おい、行くぞ茶原」

「うるせェ。ボンクラ共がオレに指図するんじゃねェよ」

悪態をつきながらクックッと喉を鳴らし、茶原たちが森の方へと向かっていく。

しかし、不意に茶原が立ち止まって振り向いた。

「あァ……そういや嬢ちゃんに言い忘れたことがあったぜ」

口角を吊り上げながら、茶原は天理に視線を向ける。

「──つまらない死に方だけはしないでくれよなァ？」

邪気に満ちた怖気立つような視線。

それを目の当たりにして、天理は思わず背筋を震わせる。

そんな天理を見て満足そうな笑みを浮かべてから……茶原は鼻歌を歌いつつ、森に向かって歩いて行った。

思わず身を強張（こわば）らせていると、古崎が軽く肩を叩（たた）いてくる。

「大丈夫か、穂羽（ほばね）さん」

「あ……いえ、すみません」

「俺たちも民家の探索に取り掛かろう。そうすれば茶原と距離も取れるし、君が危害を加えられることもないだろうしな」

古崎が天理を鼓舞するように笑みを向けてくる。

その言葉で天理は表情を改めてから、民家の探索を開始した。

「中岸（なかぎし）、工藤（くどう）、お前たちは道の左にある民家を頼んだ。探索を済ませた民家には何かしらのマーキングをしておいてくれ」

「了解っすッ！」

「了解しました。二人も気をつけてください」

そうして中岸と工藤の二人と別れてから……天理は口元を引き締めた。

「古崎さん、最初にあの民家を調べていいですか？」

天理が近くにある二階建ての一戸建てを指さすと、古崎が僅かに眉をひそめる。

「……この家に何かあるのかい？」

「はい。他のものは平屋の木造建築ですが、この家は比較的新しいですし、様子を見にきて迷い込んだ被害者たちの荷物とかが残っているかもしれません」

「分かった。それじゃ俺たちはここから調べよう」

古崎を先頭にして、二人は緑に覆われた玄関を開けた。

外観と比較すれば中はマシな状態だが、短い廊下やリビングなどは外と同様に自然の侵蝕を受けており、床から伸びた木が成長して二階を突き破っているほどだ。

「少し足場が悪いな……中岸、こっちは内部の状況が悪い。少し時間が掛かるだろうから、そちらの探索が済んだら先に次の民家へと向かってくれ」

『了解っす。工藤に周囲を警戒させながら慎重に探索を行います』

古崎が無線で連絡を取る中、天理は地面から突き抜けている木を注視していた。

「その木がどうかしたのかい、穂羽さん？」

「ああ、すみません。探索の間に荷物を置いておこうと思ったんですけど、ちょっと地面に置くと床が抜けそうだったので枝に掛けておこうかなと」

「……荷物を手放すのは危険じゃないか？」

「どうせ何かあったら荷物を置いて逃げるんです。短期決着の想定ですし、発信機と無線、それと念のために銃だけ持っておけば十分でしょう」

リュックを枝に掛けて慎重に降り、発信機と無線を古崎に見せる。

そんな天理の様子を見て、古崎は表情を和らげながら苦笑した。

「君は本当に落ち着いているね。俺の方が心強く感じるよ」

「そんなことありませんよ。私なんて少し特殊な経験をしただけの小娘ですから」

そう作り笑いを向けながら、天理は階段で待機していた古崎の下に戻った。

階段の軋む音を響かせながら、古崎が気を紛らわすように口を開く。

「しかしこうしていると、自衛隊にいた頃を思い出すよ」

「そういえば……古崎さんはどうして自衛隊を辞めてしまったんですか」

「残念ながら除隊になってね。数年前に妻を亡くしてから精神的に不安定になって、医者と上官から退職して休養するように勧められたんだよ」

「……そうでしたか。すみません」

「別に穂羽さんが気にすることじゃないさ。まぁ……その事故が無かったら、俺はこうして候補生になっていなかっただろうけど」

力無く笑う古崎に対して、天理は罪悪感から顔を背けた。

古崎が候補生になった理由は容易に理解できる。

「妻は俺にはもったいないくらいの人だったよ。誰に対しても優しくて、明るくていつも周りに人がいて……俺みたいな奴とは正反対だった」

古崎は自身の妻についてそう語る。

亡くなった妻を生き返らせる。

新たな偉人として功績を残し、生み出された《霊器》によって願いを叶える。

その可能性が少しでもあるのなら、誰であろうと縋りたくなるはずだ。

それこそ天理も似たような理由だ。

自分を逃がすために身を挺してくれた母と再会する。

そのためだったら、どんな危険な状況にも身を投じる。

だからこそ――

「――そこで止まってください、古崎さん」

二階にある部屋の中央に差し掛かったところで、古崎の背中に向かって告げた。

その声音から何か感じ取ったのか、古崎は首を僅かに動かして天理を見る。

「これは……どういうことかな、穂羽さん」

天理は拳銃を手にしていた。

その銃口は――古崎の背中に向けられている。

「理由を聞かなくても、あなたは既に理解しているでしょう」

そう告げながら、天理は先ほど得た情報を口にする。

「亡くなった水野さんの遺体を調べていた時……傷口が一定ではなく、何かによって押し広げられたように歪んでいる感触がありました」

それが致命傷だったのは間違いないが、その傷口は別の何かによって潰されていた。

「そもそも悪霊が水野さんを襲うはずがありません。自身が負傷している状況で未知の力を使ってくる人間を相手にすれば、返り討ちに遭うのは明白ですから」

悪霊は人間と同等の思考力を持っている。

自分が負傷していて、明らかに武装した人間が複数いて劣勢であり、その全てが最初の男のように未知の力を持っていると考えたら襲撃できない。

それなら完全に身を隠して、天理たちが疲弊するのを待とうとする。

「彼を殺したのはあなたですね、古崎さん」

そう天理が告げた瞬間――


「――やっぱり、君を最初に殺すべきだったかな」


口を裂くように、古崎が邪悪な笑みを浮かべた。

その邪気に気圧(けお)されないように、天理は引き金に指を掛け続ける。

「……私を殺せば、真っ先にあなたが疑われることになりますよ」

「なるほど。だから俺と二人きりの状況になると分かっても素直についてきたわけか」

そう答えた古崎を眺めながら、天理は階段に向かってゆっくりと後退する。

銃を向けられながらも、古崎の表情からは笑みが消えていない。

その笑顔の下にはいつでも天理を殺せるという余裕が見える。

「俺が疑われるようなことはないさ」

一歩、古崎が天理に向かって歩き出す。

「君は突然現れた浅江(あさえ)くんによって殺された。そして俺たち全員で君の仇討(かたきう)ちとして浅江くんを殺せば真実は分からない……まさしく死人に口無しってやつだ」

そして、口を裂くように古崎は笑う。

「その後にはもう一度新しい死体を作り出す。浅江くんの協力者が残っていると吹き込んで、全員が疑心暗鬼になったところで一人ずつ殺していって——この班にいた人間は悪霊の襲撃によって全滅、俺は唯一の生還者として戻るってわけさ」

その目に明確な殺意を浮かべながら古崎は言う。

「だから——安心して死んでくれ、穂羽さん」

そんな邪悪な目的を語る古崎を見ながら、天理はゆっくりと息を吐いた。

「——それなら、私は死なないように全力で逃げます」

右足を上げ、トンと爪先で床を叩いた瞬間——


古崎の足元にあった床が、音を立てながら崩れ落ちた。


「なッ——!?」

体勢を崩した古崎が落ちていく姿を見て、天理は近くにある窓へと身を投げる。

そのまま木の枝を掴んで地面に降り、無線と発信機を捨ててから森の中へ駆け出した。

「ッ……やっぱり、足だけで支えるのは無理がありましたかね……ッ」

鈍い痛みのある右足を庇いながら、他の候補生たちの姿を探して駆ける。

天理が荷物を掛けた木は、天井を支えるようにして伸びていた。

だからこそ、枝を利用して床を崩落させることができた。

枝に掛けたリュックの中から伸ばしていた釣り糸の輪を爪先に括り、外れた瞬間にリュックの重量と落下の衝撃を与えて枝を大きくしならせる。

床の劣化具合から考えて、その上に立っていたのが身長と体重のある古崎であれば、多少の衝撃さえ与えてしまえば簡単に崩れ落ちるのは目に見えていた。

しかし——問題はここからだ。

不意を突かれて二階から落下したとはいえ、古崎は元自衛官だ。

身動きが取れないほどの負傷や気絶などは見込めないし、体勢を立て直すまでの時間も掛からないだろう。

そして、古崎が所持している《霊器》の存在も考慮しなくてはいけない。

単独で水野を追うという行動を取ったことから、少なくとも古崎は森の中で悪霊と遭遇しても生存できるだけの自信があると見ていいだろう。

仮に《霊器》を使わなくても、男女の体格差や自衛隊での戦闘経験を持っている古崎に対して正面から太刀打ちできるはずがない。

だからこそ、天理は危険を承知で森の中に逃げ込んで——


「——痛かったじゃないか、穂羽さん」

突然、耳元で古崎の声が聞こえた。

その瞬間、眼前に現れた古崎の左手が天理の首を掴み上げる。
「かッ——あ……ッ!?」
強引に身体が引き上げられ、天理の身体が宙に浮く。
首を掴み上げる手を押さえ、気道を塞がれないようにしながら古崎を睨みつける。
「はは……まさか、本当に小娘相手に一本取られるとは思わなかったよ……ッ!!」
口を裂くように笑う古崎の姿。
しかし、古崎が近づいてきた気配は一切なかった。
森の中には草木が茂っており、人が動けば確実に葉擦れの音が生まれる。
天理もそれらの音には注意していた。
だが——古崎の持っている《霊器》の前では無意味だ。
「犯罪者の力なんて不愉快だったが、意外と役に立つもので助かったよ」
白い靄を放っている鋭利な短剣。
《霊器》は候補生に憑いている《善霊》の功績によって決まる。
しかし……その功績の全てが善行によって為されたものであるとは限らない。
その功績を為すために、自身の手を血に染めた者たちもいる。
歴史上に名を残し、現在まで正体不明と語り継がれる稀代の犯罪者。
十九世紀、英国を恐怖で染め上げた世紀の連続殺人犯——

「――切り裂き、ジャック……ッ!!」

そう天理が呟いた瞬間、古崎は嬉しそうに声を上げて笑った。

「ハハッ……まさか《善霊》の正体まで分かっていたとは驚きだよ。俺なんて、どうしてこんな犯罪者が《善霊》に交じっているのかも分からないってのにさ」

確かに多くの人間が『切り裂きジャック』を犯罪者として認識しているだろう。

しかし、切り裂きジャックは確かに功績を残している。

それは――『貧困層の救済』だ。

犯行現場となったホワイトチャペル地区は、貧困層が生活する劣悪な場所だった。

そのような環境は長年に亘って無視されてきたが、皮肉なことに『切り裂きジャック』が引き起こした連続殺人事件によって大きな注目を浴び、犠牲者たちの生活状況に関心が向けられたことで、社会的公正や平等主義に対する問題提起が為された。

その結果……労働者階級に対する公共設備等の最低限の標準が設定され、劣悪な環境下にあった地区は再開発によって改善された。

そこまで問題が大きくなったのには理由がある。

それは『切り裂きジャック』という犯人を捕らえることができず、その正体さえも掴めなかったことから、当時のメディアが恐怖と関心を大きく煽り立て、かつてないほどの規模で世間を熱狂させたことだ。

劇場型犯罪の元祖として関係者を煽って混乱させ、『正体不明の殺人鬼』として注目を集め続けていたからこそ、『切り裂きジャック』という存在は社会的な影響をもたらし、最終的には貧困層の生活環境等を改善して弱者を救済するという形で終息した。

その点で最も重要なのは『犯人は捕まらなかった』という部分だ。

だからこそ、その異能は古崎の声や動きによって発する音や気配を隠し、その手で触れることによって被害者の悲鳴や姿を隠し、誰にも見つかることなく殺人を決行できる。

かつて十九世紀ロンドンを恐怖に陥れたように。

「まぁ俺にとってはどうでもいいことさ。犯罪者の力だろうと使い方さえ分かれば問題ないし――こうして、一番厄介な君を殺すことができるんだからな」

天理は必死に声を絞り出す。

「だ、れか……ッ!!」

「ハハハッ！　無駄だよ無駄ッ!!　俺が触れているものは一切音を発することができないし姿さえも認識できないッ!!　どれだけ泣き叫ぼうが誰も来ないんだからさぁッ!!」

何もできない天理を虐げるように、古崎が徐々に力を加えていく。

その意識が天理を殺すことだけに向けられている。

だが――その瞬間を天理は待っていた。

「――だったら、あなたに叫んでもらいましょうかッ!!」

掴んでいた古崎の腕から手を放し、天理が右手をかざした瞬間――

古崎(ふるさき)の腹に、赤光を纏(まと)う長剣が突き刺さった。

「がッ、あああああああああああああああッッッ!?」

古崎が絶叫を上げるのと同時、腹部を貫いた赤剣が重々しい音を立てて落ちる。

男女の体格差や戦闘経験の有無がある以上、天理(てんり)は古崎に太刀打ちできない。

そして《霊器》によって姿を消されてしまえば、天理は反撃することさえできない。

たとえ天理が《霊器》を持っていようと、小娘相手ならば首を絞めるだけでパニックを起こして何もできなくなると考えていただろう。

だからこそ、古崎が確実に近づいてくる瞬間を待っていた。

姿が見えない相手ならば、確実に姿を見せる瞬間を狙えばいい。

まともに振るうことさえできない赤剣なら、ちょうど相手に突き刺さる位置で生み出せば相手を貫くことくらいできる。

それで確実に古崎を仕留めることができる。

たとえ仕留められずとも、その痛みによって手を放せば助けを呼ぶことができ――

「このッ、クソガキがあああああああああああああッッ!!」

天理の意図に気づいたのか、古崎が渾身(こんしん)の力で首を絞め上げてくる。

「かッ……あ……ッ!?」

「せっかく、小夜子の時と同じように殺してやろうと思ったのにさぁ……ッ!!」

貫かれた腹から血が流れることも厭わず、古崎は左腕に力を込め続けている。

口角から唾液の泡を吐き散らしながら、血走った眼で天理を睨みつけている。

既にその目からは正気が失われている。

目の前の天理を殺すため、殺意と悪意に満ち溢れている。

「あいつも君みたいに賢い女でさぁ……バカな俺に愛想を尽かしていなくなると思ったら、怖くて怖くて毎日夜も眠れなくて、そのせいであの日も口論になったんだ……ッ!!」

その凶手から逃れようと、天理は必死に絞めつけている手を剥がそうとする。

しかし、腹を貫かれたというのに頑丈な腕はビクともしない。

ザシュッ、ザシュッ……と自分の足が地面を擦る音が鮮明に聞こえてくる。

「だけど……小夜子の腹を刺した時だけは、俺の物になったような気分だったんだ」

おそらく、大切な人間を手に掛けてしまったことで古崎は壊れてしまったのだろう。

そして、まだ心の奥底にある邪悪は消えていない。

「だから……また小夜子を生き返らせて、あの幸福な瞬間を味わいたいんだ……ッ!!」

歪んだ願望に満ちた瞳が天理を捉えて放さない。

口から空気が漏れる度に、『死』が足音を立てて近づいてくる。

ギヂィッと、首元から嫌な感触が脳内に響いてくる。

「はッ……かッ……ぁッ……——」

もはや自分の口から出ている音が嗚咽なのか空気なのかも分からない。

視界が赤く染まって、何も考えられなくなっていく。

天理の眼前にまで『死』が迫っている。

そして――天理の身体が、地面に向かって乱暴に打ち付けられた。

「――――ッか!?」

背中を打つ衝撃を感じた直後、閉ざされていた天理の喉が空気を取り込んだ。

「げほッ……ぇほッ……っ!!」

空気が正しく通ることを確認するように、天理は何度も激しく咳き込む。

明滅する視界の中で、取り込んだ酸素が再び脳内と身体に回ってきたことで、失われていた感覚と思考が徐々に戻ってきた。

先ほどよりも濃厚に漂ってくる鉄錆の匂い。

肌や頬から伝わってくる、粘ついた温かい感覚。

「は……あれ……?」

間の抜けたような古崎の声が頭上から聞こえてくる。

それと同時に、生温かい液体が天理の顔に降り注いできた。

「あれ……なんで……どうしてだよッ!?」

自身の手から天理が逃れたのを見て、古崎は壊れた玩具のように何度も手を振る。

そこで――ようやく、古崎は視線を下に下ろした。

血溜まりの中に浮かぶ物体。

天理の首を絞め上げていた――古崎の両腕。

「なんッ――」

そこで、唐突に古崎の言葉は終わった。

瞳孔の開いた目を見開き、硬直したまま一切の動きを止めていた。

その身体から力が抜けるのと同時に、古崎の頭が胴体と離れて地面を転がる。

頭部が草木の上を転がる重々しい音と、粘ついた水音が天理の耳に聞こえてくる。

「――息があるようで何よりだ」

その次に聞こえてきたのは、淡々とした氷のように冷徹な声だった。

霞んでいる天理の視界の中に立つ人物。

全身を黒で統一した、死神のように黒い姿。

「どう……して……？」

呂律の回らない天理に対して、ハルトは冷めた視線と共に告げる。

「破砕音がしたので様子を見に来たら、森へと続く足跡を見つけた。そして足跡が不自然に途絶えていたこと、周囲の状況から悪霊ではなく人間に襲われていると判断し、確実に止めることができる方法として殺害を選択した」

その手には──血に染まった、複雑に歪(ゆが)んだ剣が握られていた。

もはや足元に転がる死体には目もくれない。

人を殺していながら、その声には一切の揺らぎがない。

殺害という手段を選びながら、まるで躊躇(ちゅうちょ)した様子がない。

「悪霊が相手なら別の対処法もあったが、襲われているお前の状況が不明瞭だったので確実に止めるために『仕事』で慣れている方法を採った」

「し、ごと、って……？」

冷酷な瞳を見つめながら、天理(てんり)は必死に声を絞り出して尋ねる。

その問いかけに対して、ハルトは眉一つ動かすことなく──

「──『殺し屋』だ」

そう、抑揚のない淡々とした声音で答えた。

◇

「──ッ!?」

天理が目を覚ました時、そこには茜色(あかねいろ)の空が広がっていた。

自分が横たわっていることに気づき、反射的に身体を起こそうとすると――

天理の頭がふよんと柔らかい物体に阻まれた。

「――あ、天理ちゃん起きた？」

そして、リシアの人懐こい笑みがひょこりと視界に入ってくる。

「……………リシアさん？」

「気絶しちゃってたから、ボクの膝の上で寝かせてあげてたんだっ！」

誇らしげに胸を反らしてから、リシアがてしてしと自分の太ももを叩く。

「前に天理ちゃんの胸を触らせてもらったから、ボクの膝枕でお返しってねっ！」

「……色々と言いたいことはありますが、一応ありがとうございます」

身体を起こしてから軽く周囲を見回してみると、見覚えのある朽ちた民家が背後にある。

どうやらハルトがここまで運んでくれたようだ。

「…………ッ」

首元に軽い痛みが走ったところで、先ほどの記憶が鮮明に蘇る。

邪悪に歪んだ古崎の表情。

徐々に迫ってきていた『死』の感覚。

「……きっと、死んだ奥さんも浮かばれないでしょうね」

そう呟いた時、リシアが再び顔を覗かせてきた。

「ねぇ天理ちゃん、目が覚めたならお願いがあるんだけどね？」

「はいはい……なんでしょうか？」

「ちょっとハルトくんのことを助けてあげてくれない？」

「…………はい？」

そう言われて、リシアが指さした方向に顔を向ける。

そこには塀に背中を預けて座るハルトの姿だけでなく——

「よくもッ……古崎さんを殺しやがったなッ!!」

涙を流しながら、分厚い斜刃の戦斧を構えている中岸の姿。

そんな中岸を、工藤や他の候補生たちが必死に止めていた。

「落ち着け中岸ッ！　古崎さんが起きるまで事実か分からないだろッ!?」

「うるせぇッ！　穂羽さんがそんなことするわけねぇだろうがッ!!」

中岸が怒りで顔を紅潮させながら叫ぶ中、ハルトは座ったまま動かない。

ただ、どこまでも冷たい瞳で中岸を眺め続けている。

その様子を見て……天理はふらつきながら立ち上がった。

「穂羽さんッ!!　いったい何があったんだッ!?」

「……古崎さんに殺され掛けました。それでハルトさんに助けられたんですよ」

そう工藤に向かって告げた瞬間、中岸の表情から威勢が失われていく。

「う、嘘だよな……ッ!?　本当はそいつに言えって脅されてんだろッ!?　そいつが二人のことを襲って、応戦した古崎さんを殺してッ……それで——」

「いいえ。必要だったら古崎さんの遺体の手を私の首に押し当ててもらっても構いません。それが合致すれば証明にはなるかと思います」

首元の痣を見せつけながら言うと、中岸は生気を失ったように力無くうなだれた。

そして、天理は座っているハルトに顔を向けた。

「そこで座ってダンマリを決め込んでいる人」

「………なんだ」

「どうして私の位置が特定できたんですか」

「目が覚めてから最初に訊くことがそれか」

「気になったことは早く解消しておきたい性分なんですよ」

「そうか」

そう短く答えてから、ハルトは静かに語り出した。

「崩落音の後、家屋から森へと逃げる足跡が続いていた。ライフルスコープで痕跡を追うと足跡が不自然な位置で途切れていたため『姿を消した』という予測を立てただけだ」

「……でも、それだと私の位置は正確に把握できませんよね？」

「確信したのは空中で血が流れたのを目にしたからだ。相手がお前を拘束しているのなら、それは反撃によって流れた血だと分かる。あとは足跡の向きと血が伝っていった方向から両者の位置関係を把握して攻撃を加えたということだ」

あの時、天理は自身の《霊器》を使って古崎に反撃を行った。

おそらく一時的に別の《霊器》を介したことで異能に不具合が生じたのか、それによって古崎が流した血が『正体を隠す』という異能の効果範囲から外れたのだろう。

天理の想定していた結果とは異なっていたが、結果的にそれがハルトの目に留まったことによって生き延びたわけだが――

「……ですが、なんであなたは私たちが『姿を消した』と予想できたんですか？」

確かに足跡が不自然に途切れていれば、その状況が不審に映るのは理解できる。

しかし、普通の人間はそれを見て『姿を消した』とは考えない。

それこそ異界や悪霊、そして《霊器》の異能について深い理解があり、それらを念頭に置いて思考していなければ予想することさえできないはずだ。

だからこそ、天理はハルトに対して問い掛けたが――

「――さァて、とりあえず勇敢なリーダーが極悪人だったのはおいておくとしてだァ」

傍観していた茶原が空を指さしながら言う。

「悪霊をブッ殺さねェと異界からは出られねェわけだがァ……この暗さじゃ悪霊を探すどころか同士討ちってなァもんだぜ？」

天理が気絶してからある程度の時間が経っていたようで、既に太陽は沈み掛けて茜色の空が群青色に染まりつつある。

周辺には廃屋しかなく、光源がないせいで森の中は一切見通せない。

軍用ライトや暗視装備も持ち込んでいるが、視界が悪いことには変わりない。

「まァ……夜闇に乗じて襲って来るのは悪霊だけとも限らないがなァ？」

「……おい、それは俺たちのことを言ってやがるのか」

「当然じゃねェか。女子供しか狙わねぇ変態軍人の部下だって言うなら、今度は嬢ちゃんを殺すだけじゃなくて死体まで犯しそうってなァもんだぜ」

「ッ……茶原ああああああああああああああッッ!!」

「やめてください中岸さんッ！　今はそんなことしてる状況じゃないんですよッ!!　茶原さんも余計なことを言って場を乱さないでくださいッ!!」

そうして天理が間に入って仲裁に入ろうとした時——

「——話が終わったのなら、悪霊を狩って構わないか」

ハルトの言葉によって、その騒ぎが遮られた。

「悪霊を狩るって……あなた一人で探し回るつもりですか？　この異界は推定だと直径三〇〇メートル近くあって、一定の場所に達すると特定の位置に戻されるんですよ？」

「それを調べたのは誰だ」

「わ、私ですけど……？」

「お前の見解は正しい。この異界内部の規模は直径約三〇〇メートルの円状、そして外周に達すると所定の位置に戻るといった仕組みだ。その周辺は異常なまでに繁殖した草木と苔に覆われていることから、悪霊は風景に同化する形で異界の中に潜伏している。肉眼では見落とす可能性が高く、昼間でも包囲網を敷くのは難しい」

ハルトは沈みゆく太陽を眺めながら言葉を続ける。

「――だから、夜を迎えれば確実に対象を刈り取れる方法を採った」

完全に太陽が沈み、空が群青色に変わった時――


その空が、再び茜色に染め上げられた。


森の奥で煌々と燃え盛る炎。

それが導かれるように燃え移り、周囲の自然を焼き尽くしていく。

「これって――」

「俺が森林に配置した時限式の発火装置と着火剤だ。異界の外周部分から、俺たちがいる場所まで追い込むような形で延焼するようになっている」

そして――ハルトは緩慢な動作で右腕を振るった。

鉤のように湾曲した歪な剣を手にしながら、静かに『道』へと向かっていく。

「悪霊とは呼ばれているが、それらは実体と質量を持つ新生物のようなものだ。刃で斬りつければ傷を負い、銃弾を撃ち込めば穴も空く。それは火であっても同様であり、一部の特異な性質を持つ悪霊でなければ焼き殺すこともできる」

燃え盛る炎が見えざる相手を追い詰めるように流れてきている。

すなわち――天理たちがいる場所に向かって。

「獲物が弱るタイミングを見計らうために、悪霊は俺たちの近くで息を潜めているはずだ。しかし隠れる場所を失い、自分の身が炎に焼かれないように逃れようとする」

そう語りながら、ハルトは右腕を軽く振りかぶり――

「――そして、遮蔽物のない『道』の上に出てくる」

淡々とした声音と共に、ハルトは音も無く歪剣を振るった。

その瞬間――グヂュリと肉を貫く音が響いた。

煌々とした炎によって照らし出される悪霊の姿。

歪な刃によって貫かれている、淡く輝いている球体の魂核。

蜥蜴の悪霊の肉体は中央から真っ二つに両断され、背に生えた口から「ヒュ、ヒュ」と細く弱々しい音を奏でながら地面に転がっている。

やがて……悪霊の身体は輪郭を失うように薄れ、空気の中へと消えて行った。

「ハルトくんおつかれーっ！　カッコよく悪霊を倒せてすごいっ!!」

「そうか」

リシアに対して短く言葉を返してから、ハルトは踵を返して出口に向かおうとする。

「……おい、ちょっと待てよ」

その時、中岸が声を震わせながら呼び止める。

「お前……俺たちが森の中にいたらどうするつもりだったんだ」

周囲の森林を燃やし尽くすほどの猛火。

仮に人間が巻き込まれたとしたら、生存するのはほぼ不可能と言っていい。

「てめぇは——悪霊ごと俺たちを焼き殺す気だったのかって訊いてんだよッ!!」

中岸の言葉を聞いて、他の候補生たちが表情を強張らせる。

そして、ハルトはゆっくりと振り返り——


「——それがどうした」


その返答には一切の感情がなかった。

「お前たちの誰かが死んだところで、こちらには何も問題はない。むしろ火に巻かれて死んだのであれば俺にとっては好都合だった」

そう語る表情には一切の躊躇がなかった。

その視線は天理たち候補生に向けられているが、無機質な黒瞳は何も映していない。

ただ——何があろうと、自身の目的を果たすという堅牢な意志しか見えない。

「すぐに異界の外で待機している人間が消火を行うだろう。せっかく拾った命であれば、焼け死ぬ前にお前たちも退避するといい」

天理たちに背を向けて、炎で照らし出された道を一人で進んでいく。

「なんだよ……あいつは、なんだってんだよッ!!」

虚ろな目で地面を見つめながら、中岸は身体を震わせながら叫んだ。

他の候補生たちも、無言のまま俯いていた。

明らかに自分たちとは異なる人間。

能力、思考、意思、覚悟、その全てが常人とはかけ離れた異質な存在だった。

しかし――

「工藤さん、中岸さんや他の方を連れて脱出してください」

「え、あ……穂羽さんも一緒に――」

「いいえ、私は彼に言い忘れたことがあります」

苦笑を浮かべてから、天理は去っていくハルトの背を追った。

「待ってください――ハルトさんッ!!」

その背に向かって初めてその名を呼びかけると、ハルトはゆっくりと振り返った。

「なんだ」

「はぁっ……まだ、助けてもらったお礼を言ってませんでしたから……っ!!」

「……そんなことのために息を切らして走ってきたのか」

「あなたみたいな人に借りを作るのは気分が悪いですからね……ッ」

呆れた様子のハルトを無視して、天理は軽く息を整えてから頭を下げる。

「先ほどは、助けていただいてありがとうございました」

「礼は不要だ。そもそもお前を助けたわけでは――」

「いいえ、私のことだけじゃありません」

言葉を切ってから、天理は眼前に立つハルトを見据える。

「――私だけでなく、他の候補生たちを助けてくれたことにもです」

そこで初めて、ハルトの表情に変化が生まれた。

黒瞳の中に見えた微かな感情の揺れ。

その反応を天理は見逃さない。

「本当に私たちを巻き込むつもりなら、夜まで待つ必要はなかったはずです。炎で追い込むだけなら、日が出ていてもできるわけですから」

悪霊が森の中から飛び出し、視界が開けている『道』に飛び出すと分かっているのなら、わざわざ夜まで待たなくても姿を視認することができる。

それだけでなく、あれほど細かく炎の進路を調整できるのであれば、わざわざ天理たちが集まっている場所ではなくて他の場所で悪霊を追い込むことも可能だったはずだ。

それでもハルトは悪霊の終着点として、天理たちのいた場所を選んだ。

「ハルトさんがあの民家の前を選んだのは、私が気絶していたからです。私が身動きの取れない状態だったというのもありますが、一番の理由は他の候補生たちを安全に留めておくのに適していたからでしょう」

他の候補生たちから見れば、天理と古崎は突然連絡が途絶えたことになる。

そうなれば、まず確認のために捜索していた付近へと足を運ぶだろう。

「私たちを探しに来てみれば、そこには気絶した私がいて古崎さんの姿はありません。そこであなたが古崎さんを殺した事実を伝えれば……他の候補生たちは糾弾しながらも、私から詳細を確認するまでその場を離れることはないでしょう」

本当に殺すつもりなら、何も言わずに立ち去るだけでよかった。

しかし、説明役がいなければ姿を消した古崎を探す人間が現れ、森の中を捜索している間に悪霊の餌食になる可能性がある。古崎の死体を見つけた場合も同様だ。

だが、犯人を自称する者が既にいるのなら他の候補生たちが森の中に入ることはない。

他の候補生たちが炎に巻かれることもなければ、古崎の死によって錯乱した他の候補生たちが自然の中に潜んでいる悪霊に襲われることもない。

「そもそも、あなたの言動には矛盾があります。『誰かが死んでも問題ない』と言っておきながら、その前に全く無関係な私を助けているんですから」

ハルトにとっては、あの場で天理が殺されていたとしても問題なかったはずだ。

それでもハルトはわざわざ天理たちの痕跡を辿り、最終的には古崎を殺害してまで天理を助け出した。

そして先ほど天理が語ったように、「誰かが死んでも問題ない」という発言をしながら他の候補生たちが炎に巻き込まれないことを考慮した行動を取っている。

そんな断片的な情報を組み上げて、天理はその真意を考察する。

「――あなたの目的は、私たち候補生を辞めさせることだったんじゃないんですか」

そうすれば悪霊という脅威に殺されるだけでなく、自身の目的を果たそうとするために手段を選ばない候補生たちによって殺される人間が僅かであろうとも減る。

「たぶん『炎で森ごと燃やす』っていうのも演出の一環でしょう。あなたはそんな手間の掛かることをしなくても悪霊くらい狩れそうですし、古崎さんの遺体や燃えさかる森を見せれば候補生たちに対して心理的な負担を掛けることができますからね」

その言葉にハルトは答えない。

しかし、天理から目を逸らさない。

「だからお礼を言いました。それとついでに謝っておこうかと思います」

「………謝る？」

「私は候補生を辞めるつもりはありません」

そう、ハルトを真っ直ぐ見つめながら告げる。

「私はどうしても母を見つけなくてはいけません。その目的を果たすまで続けます」

「異界に取り残されたのなら生存は絶望的だ。お前の目的が叶うことは――」

「はい。私も母が生きているとは思っていません」

既に母が生きていないことは理解している。

おそらく、今まで見てきた者たちと同じように異形へと成り果てているだろう。

だからこそ——

「——私の目的は、悪霊となった母を見つけて自身の手で葬ることです」

笑みを浮かべながら、天理は自身の嘘偽りない想いを告げた。

天理のことを救った母を、自身の手で殺すという覚悟。

その覚悟を見極めるように、ハルトは無言で天理のことを見つめていた。

そして……深く息を吐きながら口を開く。

「そうか」

「あなたは三文字でしか返答できないんですか？」

「死に掛けておいて元気に喋る女よりはマシだ」

「そりゃ死んだら喋れませんし、生きている内にたくさん喋っておいて損はないでしょう。だから自分の思ったことをベラベラあなたに喋っただけです」

「そうだな。それならば勝手にそう思っていろ——穂羽天理」

そう天理の名を呼んでからハルトは再び背を向ける。

思わず呆けてしまった天理は、慌ててその背中に向かって呼びかける。

「それなら、勝手にそう思っておくことにしますっ!!」

そんな天理の言葉に対して――

「――そうか」

少しだけ、僅かに感情の色が見える三文字を返した。

●二章　女子高生と殺し屋と野良犬

夢を見ていた。

昔から何度も見ている夢。

「——天理、泣いたところで何も解決なんてしないのよ」

それは母の夢だった。

にかりと歯を見せながら振り返る母の姿。

「どうにかしたいなら頭を使って、あとは度胸で解決しなさい」

それが母親の口癖だった。

世間一般の母親と比べて、天理の母はずいぶんと豪胆な人だった。

「どんなこともビビった奴から負ける。足が竦んで動けなくなって、生きるか死ぬかも自分で選べなくなる。死んだら相手にどれだけムカつくことをされても、何も言い返せないし何もできない。それが嫌なら頭と身体を動かしなさい」

そんな無茶を平然と言う人だった。

当時七歳であった天理に対して、切り立った崖を登るように言ったり、何メートルもある木々の枝から枝へ飛び移らせようとしたり、急流の中に飛び込ませたりと、何度も死に掛けるような目に遭わされたのを覚えている。

しかし——そうでもしないと、生き残ることができなかった。

それが『異界』という場所だった。

触れただけで身体が錆びる水、獣のような形で動く炎、見えない空気の壁で出来た迷路、巨大な黴と菌で覆い尽くされた町、まるで人間のように世間話をする剣と盾が住む世界、何もない天空から伸びるロープによって吊るされた死体、地面も空もなく無数の人面岩だけが浮かんでいる空間、人骨によって築き上げられた巨城——

一度見れば二度と忘れることのない光景。

それは——異界に住まう《悪霊》たちも同様だった。

『オ……ァ……ぁ……ッ!!』

それは声のような音を発していたが、人間とはかけ離れた姿をしていた。

足先から伸びる無数の手。

まるでイソギンチャクのように蠢く足の上には胴体がなく、ダルマのように巨大な頭が痙攣を繰り返しながら眼球をギョロギョロと動かしていた。

その悍ましい肉体は周囲に見える木々よりも大きく、およそ生身の人間では抵抗するどころか、為す術なく喰い殺されることが容易に想像できた。

実際、そうやって死んでいった人々もたくさん見てきた。

「ぁ……あぁッ……うわああああああああああああああああッッ!!」

恐怖に耐えかね、木々の合間から一人の男が飛び出していった。

「嫌だッ！　死にたくないッ！　死にたくないッ!!　死にたく——」

壊れた玩具のように繰り返されていた言葉は、途中で終わってしまった。

先ほどまで鈍重に動いていたダルマの悪霊が無数の手で地面を弾き、巨体で木々を薙ぎ倒しながら男を喰らっていった。

その食い散らかした肉片が血溜まりの中で転がっていた。

そんな光景を何度も見てきた。

それでも母は必ず同じことを言った。

「天理、目を閉じないで全部見ておきなさい」

本当に酷い母親だと思った。

たとえ見ず知らずの他人であろうと、目の前で起こった『死』には変わらない。

それを間近で見続けるなど拷問に等しいことだ。

しかし、天理が目を閉じようとする度に母は言った。

「目を瞑ったら動けないでしょ。それにあの化け物のことだって分からない。自分を殺そうとしてくる奴のことさえ分からずに死んだら――死にきれないほど後悔するわよ」

本当にめちゃくちゃな人だった。

だけど……そんな母のことが大好きだった。

どれだけ無茶なことを言っても、絶対に天理を見捨てることはなかった。

どれだけ絶望的な状況でも、いつも笑顔で天理を安心させてくれた。

どれだけ恐ろしい存在が現れようと、天理の前に立って身を挺してくれた。

いつも、必ず天理の手を引いてくれた。

何があろうと己を貫き通していた。

そんな──堂々と立つ母の姿が大好きだった。


「──天理、ここから先は一人で行きなさい」

背を向けながら、母は天理に対して静かに告げた。

「このまま真っ直ぐ走れば帰れるわ。適当な奴を捕まえて助けてもらいなさい」

「なんで……すぐそこなら、お母さんも一緒に帰ろうよ」

「それができたら、ハッピーエンドだったんだけどねぇ……」

そう苦笑しながら、母は顔を大きく上げる。

顔面に大穴が空いた巨人。

それがゆっくりと天理たちに近づいてきていた。

それも一体ではなく……十を超える数が地響きと共に向かってきている。

「あのでかい奴らはどうにかしておくから、あんた一人で行きなさい」

「ダメだよ……お母さんが死んじゃうよ……っ」

母は強い人だったが、普通の人間だった。

悪霊に臆することはなかったが、正面から立ち向かえるだけの力はない。

それでも、母は変わらず力強い笑みを浮かべていた。

「大丈夫。あんたをここまで守ってきた母さんを信じなさい」

「でも……っ！」

「そんじゃ、あたしの代わりにコイツを連れていってあげてちょうだい」

そう言って……母親は羽織っていた上着を天理の頭に被せた。

着古されたジャケット。

それは母親が毎日欠かさずに身に着けていた物だった。

「七年かぁ……長いようで短かったわねぇ」

口元に笑みを浮かべながら、母は天理の頭を乱暴に撫で回した。

「本当に幸せなオマケをもらえたもんだわ。しっかりとあんたを守る役目も果たせたわけだし……これ以上の贅沢を望んだら、母さんが神様にブン殴られそうだもの」

そして、母は静かに立ち上がった。

「ほら、巻き込まれる前に早く行きなさい」

そう母が告げた直後だった。

地面に亀裂が走り、天理と母の間を断つように崩れていく。

「ッ………お母さんっ!!」

落下していく地面から、天理はいつまでも母の背を見つめていた。

穴面の巨人たちと対峙するように立つ姿。

天理に見えるように親指を立てる姿。

「また会える日を楽しみにしてるわ——天理」

その背中をいつまでも眺めながら、天理は深い闇の中に落ちていった。

◇

候補生として初めて異界に突入してから数日。

結果として班員の二名が死亡、そして三名の候補生が帰還後に辞退を願い出た。

そして古崎賢治の死について、中岸と工藤が同班の候補生である浅江遥斗の行動について抗議を入れたものの、防衛省側の回答は以下の通りだった。

「異界という場所の都合上、不慮の事態は確実に発生する。その真偽を外部の人間が判断できない以上、たとえ故意の殺害であっても厳罰を与えることはできない」

つまり、証拠がないからお咎めなしという回答だった。

普通ならあり得ないことだ。明確な死者が出ている以上、本来なら少なくとも内容の真偽にかかわらず調査を行うものだろう。

まるで、最初から一定の死者が出ると想定していたような返答だ。

そんな何とも言えないモヤモヤとした気分を抱えながら――

「――うぁーい」

天理は考えるのを止めて、自室のベッドで妙な呻き声を出してみた。

今、天理は埼玉県にある大宮駐屯地で生活を送っている。

正確には駐屯地内に併設された、候補生専用の宿舎だ。

新しく建設されたばかりなのか宿舎は以前に人が使っていた形跡が一切なく、与えられた個室も全てが真新しい。

何か必要なものがあれば個室に備えられたタッチパネルを操作することで、食事や生活用品といった小物は一時間以内に届けられる。他にも申請すれば銃器といった装備類なども当日中には搬送されるようで、興味本位でプラスチック爆薬を頼んだらバッチリ届いてしまって少しだけ焦った。

ゴミ類は備え付けのダストシュートに入れるだけ、洗濯や清掃については自身で行っても構わないし、食事と同じようにタッチパネルで希望を出せば業者が回収して翌日には綺麗に整えられて個室の受取ボックスに入れておいてくれる。至れり尽くせりだ。

宿舎内には食堂や娯楽室、地下には射撃訓練場もあるため、おそらく計画が終わった後は相応の地位を持つ人間の宿舎として利用する予定なのだろう。

「……そういえば、結構な啖呵切っちゃったなぁ」

他の候補生たちと同じように、天理も辞退することは考えた。

それほどまでに、ハルトは他の候補生たちと比べて圧倒的だった。

悪霊や異界に対する理解と対処、たとえ同じ人間であろうと危険であれば一切躊躇(ちゅうちょ)することなく殺害する判断など、その全てが常軌を逸していた。

そしてハルトだけではなく、他にも「殺人さえ厭(いと)わない」という候補生がいるはずだ。

その中で生き残れると思えるほど天理は楽観的な人間ではないし、目的があるとはいえ、圧倒的に自分が死にやすい状況に向かって全力ダイブするような自殺願望もない。

それでも天理が候補生として残っているのは――

「だけど……やれることは残ってる」

まだ選択肢は残っている。

それは――ハルトと交渉して協力関係を結ぶことだ。

異界や悪霊だけでなく、危害を加えようとする候補生の対処も可能であり、その他にも独自の情報源などを持っていそうなので、協力関係を結べれば誰よりも心強い。

だが……ハルトが素直に応じてくれるとは思えない。

あれだけ他者に脅しを掛けて遠ざける行動を取ったことから、ハルトは最初から全て単独で異界踏破と悪霊討伐を行う想定だろう。

そこに天理というお荷物を迎える必要性は一切ない。これっぽっちもない。

よほどの条件を提示しなければ話すら聞いてもらえないだろう。

そしてハルトと交渉すること自体も難しい。

候補生たちは配属された地域の駐屯地に専用の宿舎を与えられるものの、強制ではなく任意であるため、全員が宿舎で生活をしているというわけではない。現にこの宿舎で生活しているのは天理だけだ。

もっとも……既に三人が候補生を辞退し、辞退表明をしていない中岸や工藤についても、先の一件があった上で他の候補生と生活を共にしたいとは思わないだろう。

茶原については犯罪者なので平時の自由はないだろうし、ハルトについては全てが謎で協調性の欠片もない性格なので、宿舎でのほほんと過ごしている姿が想像できない。

つまり——接触できる機会があるとしたら、次の異界に派遣された時だ。

それまでに自身の考えをまとめて、周到に準備を進めておきたい。

そう結論をまとめたところで——

「ほほう……高級黒毛和牛のステーキとは実に美味しそうじゃないですか」

タッチパネルで食事のメニューを眺めながら、天理はベッドの上で足をパタつかせる。

何にしても腹を満たして万全な状態にしておくべきだ。

そうして何を食べようかとベッドの上でごろごろした後、やはり朝は軽いものでいいという結論に至ってクレープを注文してから部屋を出た。

注文した食事は部屋まで運んでもらえるが、どうせ宿舎にいるのは天理だけなので、広々とした日当たりの良い食堂を独占して食べるのも悪くはない。

そんな小さな贅沢に思いを馳せながら、天理が何気なく食堂に立ち入った時——

「――ねぇねぇっ！　ハルトくんはパンケーキだったら何が好き？」

「胃に入って栄養に変わるのなら何でも構わない」

「ボクはね、甘ければ甘いほど良いと思うんだよっ！　なんかこうホイップとか練乳とか蜂蜜がドバドバ掛かってる身体に悪そうなやつが好きっ！」

「それなら角砂糖でも齧っていろ」

　食堂のテーブルで、何やら楽しげに食事をしているハルトとリシアの姿があった。

「……こんな感じで再会するのは想定してなかったですねー」

「あっ！　天理ちゃんおはよーっ！」

「はーい、当たり前のようにおはようございまーす」

「天理ちゃん、どうして天井を見つめてるの？」

「どんな言葉を返そうか考え中だからでーす」

　しばらく天井の穴を数えて思考をまとめてから、天理は軽く頭を振った。

「……それで、なんでお二人がここにいるんですか？」

「俺も候補生の一人だ。それならば宿舎を利用できる権利を保有している」

「あれだけ『俺はソロでいくぜ』みたいな雰囲気を出しておいて、平然とここにいることが私としては不思議で仕方ないんですけど」

「こちらとしても、まだ人が残っているとは思わなかったものでな」

　そう言いながら、ハルトが鋭い眼光を向けてくる。

「候補生を続けるというのは口だけではなかったようだ」

「ええ。少なくとも他人に何かを言われて変わるものではないですからね」

「それなら――お前は『敵』ということになる」

その言葉の中に明確な殺意が込められている。

天理が妙な動きをすれば、即座に殺すと目が語っている。

しかし死を目前にした経験もあってか、その程度で天理は怯まない。

自分を鼓舞して、天理はゆっくりと口を開き――


「――全面降伏するので、どうか見逃してくださいッ!!」


そのままテーブルに向かってダァンと頭を擦りつけた。

そんな天理を見て、ハルトはあからさまな溜息をついてから口を開いた。

「その全面降伏という言葉の真意について偽りなく答えろ」

「私は一切あなたの目的を邪魔しません。新時代の偉人やら《霊器》なんてものにも興味はありませんし、そちらについてはハルトさんがどうぞ持っていってください」

「……それらの権利を放棄する代わりに、お前を見逃せということか」

「ええ。私は母を蘇らせようとは思っていませんし、目的を果たせば早々に離脱するつもりです。とりあえず死ななければ万事オッケーといった方針です」

「話は理解した。しかしこちらにはお前を生かすメリットがない。候補生を辞退せずに続ける以上、後ほど障害になる可能性を考慮すれば今すぐ始末するのが最善だ」

天理が候補生を続けるという選択をした以上、状況次第では天理が敵対する可能性が生まれ、ハルトに対して背後から奇襲を仕掛けることもあり得る。

それらならば、この場で辞退させるか始末しておくのが確実な対処と言えるが——

「——それなら、私を生かしておくメリットがあればいいんですね？」

そう天理が笑みを浮かべると、ハルトの表情が僅かに動いた。

「私は八年前に起こった『異界事変』の生存者です。その間に見た異界や悪霊に関する知識がありますし、私を生かしておけばハルトさんに全ての情報を提供します」

ハルトが単独で異界に突入したのは、自身の実力を正しく理解しているというだけではなく、他の候補生よりも先に異界の情報を得るためとも考えられる。

悪霊狩りが候補生の功績になる以上、それを阻む異界の仕組みを理解することも重要になってくるため、事前に知識と経験を持つ天理は誰よりも優位な立場と言える。

だが……ハルトは静かに首を振った。

「こちらも異界や悪霊についてては相応の知識と情報を持っており、お前からの情報提供がなくても異界や悪霊の対処は十分にできる。その提案を受け入れる理由がない」

実際にハルトは天理と同じ見解に辿り着き、異界を攻略していた。

情報の有無で多少の差は生まれても、絶対に天理の情報が必要というわけではない。

「むしろ他者に情報が渡らないように、お前を殺す人間の方が多そうだな」

「………ですよねー」

味方として置いておけば有利になるが、他者の手に渡れば一転して不利になる。

自身の目的を成し遂げようとしている者たちなら、古崎（ふるさき）のように「先に殺しておこう」と考える人間も少なくないし、そんな爆弾のような人間を傍（そば）に置いておく方が危険だ。

「お前は俺が『殺すことも他者に渡すことも惜しい』と考えるほどの価値を示さなくてはいけない。先ほど提示した異界や悪霊の情報だけでは不十分だ」

「なるほど。それでは私も追加で提示させていただきます」

まだ、もう一つ天理（てんり）には出せる情報がある――


「――候補生たちに憑（つ）いている、《善霊》と《霊器》の情報を提供します」


その言葉を聞いて、ハルトが興味を示したように顔を上げた。

「ハルトさんたちが説明会に訪れる前、一瞬でしたが《善霊》たちの姿が浮かび上がりました。私はそれらの姿を全て記憶しています」

会場に着いてから天理は最後列で候補生たちを観察し、背後に浮かび上がった善霊たちの姿と候補生を覚えていた。

「少なくとも、私は半数以上の候補生と憑いている《善霊》を把握していますよ」

「……なるほど。しかし《霊器》についてはどうやって知った」

「具体的な形状や能力といった詳細を知っているわけではありません。ですが《善霊》の正体さえ割れていれば、その異能を推察することは可能でしょう？」

トン、と天理は自身のこめかみを叩く。

《善霊》たちは後世に名を残す偉人たちであり、異能の基になっている功績の内容についても広く知れ渡っている。

つまり——どちらか一方の情報があれば、その正体を推測することができる。

それができるように、天理は今まで準備を行ってきた。

《善霊》と呼ばれる存在と《霊器》という異能の道具が存在するという事実を知った時点で、自分が生き残るために『過去』という大量の知識を詰め込んできた。

「そして私は誰よりも多くの異界と悪霊を見てきました。その経験と知識から培った観察眼によって、功績の内容からどのような異能が宿るかも推測できます」

「……どちらか一方でも分かれば看破できるということか」

「はい。たとえ断片的な情報でも可能だと私は自負しています」

先日の様子を見る限り、ハルトは異界や悪霊を大きな障害として見ていない。

しかし、候補生については別だ。

ハルトは《霊器》の対処や詳細を知っている様子だったが、基本的に《霊器》は候補生として選抜された後に発現する。現状で最も不足している情報だと言えるだろう。

それらの情報が相手に渡れば危険であると理解しているからこそ、容易に見抜くことができないように工夫を凝らす候補生も出てくるだろう。

その情報が事前にあれば、他の候補生に対して優位な立場を得ることができる。

「以上が私に出せる最大の交渉材料です。これでダメなら潔く敵対しましょう」

「お前は、自分が提示した内容の意味を理解しているのか」

感情の薄い黒瞳を向け、天理という人間を見定めようとする。

「その情報を対価として提示するということは、他の候補生たちは死んでも構わないから自分を見逃せと言っているようなものだ」

「そうですね。殺し屋であると名乗ったハルトさんに対して、候補生たちの情報を渡すということは全員を危険に晒す行為と言えるでしょう。ですが……あなたに情報を渡すことによって得られるメリットもあると私は考えました」

天理は僅かに口元を緩めてから――


「――その情報があれば、ハルトさんは候補生を殺さないでしょう？」

そう告げた瞬間、ハルトの眉が僅かに動いた。

「まぁ必要に迫られたらハルトさんは誰であろうと殺す人でしょうけど、必要がなければ無為に誰かを殺すことはしない人だと私は判断しました」

「そんな根拠もない話を――」

「根拠は私を助けた時に言った言葉ですよ」

意識は朦朧としていたが、その言葉については鮮明に覚えている。

「ハルトさんは『確実に止めることができる方法として殺害を選択した』と言いました。それは他に止める方法があれば殺す以外の選択肢があったとも、私の状況が把握できていれば他の方法で古崎さんを止めていたとも取れます」

確かにハルトは一切の躊躇もなく古崎のことを殺した。

しかし天理の見立てが正しければ、ハルトは候補生たちを殺すのではなく辞退させる形を取っており、無為な殺生を避けるような立ち回りをしていた。

「事前に相手の異能が分かっていれば、ハルトさんの実力なら他者を殺すことなく無力化できるはずです。その意思がハルトさんから読み取れたこと、そして情報を渡すことによって逆に他の候補生を危険に晒さずに済むと判断して提示させていただきました」

天理が補足を加えた後も、ハルトはしばらく押し黙っていたが――

「――うん、これはハルトくんの負けかな？」

今まで傍観していたリシアがニコニコと嬉しそうに笑いながら言った。

「実際にハルトくんは他の人を殺さないように立ち回ってるし、可能だったら他の選択肢を選ぶようなお人好しだもん。そこまで見抜かれた上で情報を渡すって言っているんだから、それを拒絶するのはキミの信条に反することだとボクは思うよ？」

ハルトの反応を窺うように、リシアはその無機質な表情を覗き込んでいる。

そして、ハルトは静かに息を吐いてから——

「…………好きにしろ」

「はいっ！　勝者は天理ちゃんーっ!!」

「ふふん、言い負かしてやりましたよ」

「……お前たちは妙なところで気が合うようだな」

はしゃぐ天理とリシアを見て、ハルトが呆れたような視線を向けてくる。

しかし、これは大きな前進と言えるだろう。

身の安全がある程度まで保証できただけでなく、自分が持つ情報を理想的な形で活用してくれる人間と協定を結べたのだ。

自分が生き残るためとはいえ、誰かを陥れるようなことはしたくない。

「それでお前の話は終わりか、穂羽天理」

「あ、すみません。まだ訊きたいことが——」

「それなら、そこで盗み聞きしている男の話の後にしろ」

そうハルトが天理の言葉を遮った直後——

「——ヒヒッ、本当におっかねぇ兄ちゃんだぜェ」

聞き覚えのある声と共に食堂のドアが開かれる。

落ち窪んだ目元と、他者を小馬鹿にするように吊り上がった口元。

「せっかくの再会だァ──もっと笑顔で出迎えてくれや」

口を裂きながら、茶原頼隆(ちゃはらよりたか)は邪悪な笑みを浮かべた。

◇

どうしてこんな状況になってしまったのだろうか。

「──くはァー、昼間っから飲む酒は格別だぜェ……ッ」

一つ離れたテーブルで、茶原が酒瓶を傾けながら大きく息を吐く。

「嬢ちゃんもどうだァ？　その見た目からして酒くれェ飲んだことあんだろ？」

「……すみませんが、私は見た目のわりに品行方正で法律を遵守する学生でしてね」

「ケッ……それでパンケーキとクレープってかァ？　栄養が乳にいってるからって油断してたら、いつの間にかブクブク太っちまうかもしれねェぜ」

クツクツと喉を鳴らす茶原を、天理は不快感を露(あら)わにしながら睨(にら)みつける。

そんな天理に対して、リシアが隣からフォークを差し出してきた。

「はい天理ちゃんっ！　このパンケーキ美味(おい)しいから一口あげるっ！」

「ああ……それじゃ私のクレープも一口どうぞ。苺(いちご)もオマケしちゃいます」

「やったーっ！　ボク苺好きなんだよねーっ！」

天理がクレープを切って差し出すと、リシアが嬉しそうにぱくりと頬張った。

そんな微笑ましいやり取りのおかげで天理の不快指数が僅かに下がったものの、やはり気まずい雰囲気は簡単に払拭できるものではない。

「それで……どうして茶原さんがここにいるんですか？」

「そんなに警戒しなくてもいいじゃねェか。この宿舎だったら自由に飯も酒も手に入るし、オレたち以外誰もいねェから人目も気にせず自由に過ごせるってだけだァ」

そう答えてから、茶原は小さな酒瓶を再び呷る。

しかし、目的がそれだけではないのは明白だ。

なにせ――ハルトは先ほど「そこで盗み聞きしている男」と言ったのだから。

「御託はいい。お前がこのタイミングで来た理由を言え」

「そうさなァ……強いて言うなら、オレも命乞いに来たってェところだ」

鋭い眼光を向けるハルトに対して、茶原は軽薄な笑みを返す。

「オレの目的は候補生を続けて自由を謳歌するってところさァ。犯罪者のオレがここにいて、こうして昼間から酒が飲めるのは候補生って立場がないとできねェもんでよ」

テーブルに置いた酒瓶を軽く振りながら茶原は言う。

「だからオレは何もしねェ。そこの兄ちゃんが悪霊を率先して狩るってなら喜んで譲るし、下手なことして死ぬより何もしねェで生き残るのが先決ってもんさァ」

国外犯として裁かれるはずの茶原がこの場にいるということは、候補生という特殊な立場によって今の境遇が保証されていると見ていい。

それならば多少の危険を冒してでも、限りある自由を得たいと考えるのも納得できる。

「もちろんオレも手ぶらじゃねェぜ。お仲間に加えてもらう代わりに、ＩＣＰＯの奴らが持っている情報を兄ちゃんたちにくれてやらァ」

「ＩＣＰＯって……確か国際刑事警察機構ですよね？」

「さすが物知りなインテリ嬢ちゃんだァ……要はそいつらがオレの飼い主で、手頃な犯罪者を使って今回のゲームに噛んでやがるってわけだ」

ニヤニヤと薄気味悪い笑みを浮かべながら、茶原は言葉を続ける。

「オレたち凡人から見れば悪霊やら異界ってのは脅威だがァ……雲の上にいるお偉いさんたちにとって今回の一件は手つかずの金鉱脈だ。現代兵器じゃ対策が難しい《霊器》、相手の国土や重要拠点を機能不全にしてブチ壊す《異界》……軍事転用以外でも今まで科学で解明されなかった魂やら霊体といった新しいエネルギー資源や物質、それらを活用する新技術とエトセトラァ……利益になるもんを挙げたらキリがねェもんだ」

世界は唐突に壊れてしまったが、それによって『新しい可能性』も生まれていた。

だからこそ、自国が利益を得て世界情勢の中で優位な立場を得るために奔走していた。

しかし各国で調査機関を設けて情報を探っても、全てが未知である故に調査は遅々として進まず、誰もその鉱脈に手をつけることができなかった。

だが——ある存在が現れたことで、状況が大きく動き出した。

「今までは『異界事変』の生存者がいた日本の情報に頼っていたわけだがァ、いきなり人間に協力する《善霊》なんて奴らが出てきて、国や企業だけでなく個人まで全員よーいドンで鉱脈掘りができる状況になっちまった。だから慌ててお題目を設けたってェわけさ」

《善霊》の存在……正確には特定の『夢』を見た人間たちが《霊器》という異能を扱えると判明したのが二年前だ。

それまでは自衛隊や各国の軍隊が対処を行ってきたが、《霊器》による異能を得たことによって国、企業、個人を問わずに異界や悪霊の対処が可能となってしまった。

だからこそ、それらの情報や技術の独占を避けるため、先進国を始めとした各国が主導して『特異対策室』という悪霊と異界の対処を専門とした組織を発足させた。

「だがまァ……人間ってのは欲深いもんだ。独占できるもんならそうしようとするし、それが莫大なもんだと分かってたら殺してでも奪い取るってェもんだろ？」

「……なるほど。利益や情報の独占を考えている企業から雇われていたり、他国の妨害をするために参加している候補生も交じっているってことですか」

「ヒヒッ、嬢ちゃんはオレみたいな犯罪者を送り込んだ理由も分かってそうだなァ？」

「まぁ明らかに『ICPOが監視している』ってアピールして牽制するのが目的ですよね。少なくとも秘密裏に行うなら茶原さんのように名が知れ渡っている犯罪者は使いませんし、背後に警察といった公的機関が絡んでいるのも明らかですから」

異界は外部からは観測できず、内部に立ち入った者しか情報は得られない。

つまり異界の内部は一時的な治外法権になるわけだが、候補生の中に公的機関と関わりを持っている人間がいれば、その中で下手な行動を取ることはできなくなる。

当然、そんな人間がいれば標的になって始末されるだろうが、送り込んだ人間が犯罪者なら殺されたとしても大した問題にはならないし、戦闘経験が一切ない人間よりも場慣れしているので容易に殺されることもないというわけだ。

「それにオレを含めて候補生になった犯罪者は何人かいるが、殺人が趣味みてェな頭のイカれた奴らは選ばれてねェ。それこそ犯罪者が好き勝手に暴れたらやべェからな」

「つまり、茶原さんも含めて全員戦闘の意思はないと？」

「当然じゃねェか。最後まで生き残った奴は罪状が全て免除、ただし自衛以外で候補生に危害を加えたら問答無用で豚箱へ逆戻り。別に長生きするつもりはねェが、目の前に多少の自由と無罪放免っていう人参(にんじん)がブラ下がっているのを無視するほどバカじゃねェさ」

そう茶原はつまらなそうに鼻を鳴らす。

「そこでだ兄ちゃん……オレを仲間に入れるってんならァ、兄ちゃんのことを報告対象から外してやるよ。その方が兄ちゃんも『仕事』をやりやすいだろォ？」

茶原の言葉を聞いて、ハルトが僅かに眉を動かす。

「ちょっくら調べたら、ＩＣＰＯの間じゃァ兄ちゃんは有名人みたいじゃねェか」

ギョロリと目玉を動かしながらハルトを見る。

「世界がブッ壊れた直後に急増した未解決事件や怪死事件の中でェ……現場付近で必ず目撃されている人間たちがいるみたいでなァ。そいつらは田舎の老人からどこかの国の要人と対象に一貫性はなく、ICPOが追っても存在や痕跡が握り潰されるそうだ」

首を傾げながら、茶原がこめかみを指先で叩く。

「そしてェ……それらの事件が起こった現場の一部では、一時的に衛星やら監視カメラの観測機器の記録が正常に行われていなかったそうだ」

今であれば、それが何を示しているのか理解できる。

外部からの観測を遮断する異界という空間。

「そいつらはICPOが特定した限りでは七人。足取りや素性を調べても握り潰されることから、その背後にはでかい組織がついている。そして当時では一切情報が無かったはずの異界についての知識を持ち、事件後には観測機器が復旧していたことから、そいつらの手によって悪霊が殺されて異界が消滅したってのがICPOの見解さァ」

そこで言葉を切ってから、茶原はクックッと喉を鳴らす。

「そいつらは異界が関係していない他の事件にも関与した形跡がある。だからそいつらは事前に異界や悪霊の出現を把握して対象を殺し回る……『悪霊狩り』を専門とした正体不明の殺し屋集団として、ICPOは《亡霊》という名称をつけたがァ――」

口端を吊り上げながら、茶原はハルトに向かって告げる。

「その七人の中に――兄ちゃんの顔写真がバッチリあったぜェ？」

その言葉に対して、ハルトは腕を組んだまま静かに口を開く。

「なるほど。それで交渉という手段を選んだわけか」

「ヒヒッ……そういうことさァ。オレは安全に生き残れるなら何でも構わねェ。そのためだったら飼い主の手を少しくらい噛もうが――」

「どちらにせよ、お前の存在は不要だ」

「…………あァ？」

「たとえ俺のことをＩＣＰＯに報告したところで、向こうは何も手出しできない。その他の情報についてもこちらは把握しているので、お前を見逃す理由には値しない」

「おい……おいおいおいィッ!!　そりゃあんまりってなァもんだろッ!?　さっきの話ってのは上から他の奴に漏らすなって言われたオレの切り札なんだぜッ!?」

「そうか」

短い言葉の直後――ハルトは瞬時に取り出した拳銃で狙いを定める。

「しかし、いつまでも『野良犬』に嗅ぎ回られるのは不快なのでな」

「いひィッ!?　待て待て待てェッ!!　それならオレァどうすりゃいいってんだッ!?」

「候補生を辞退すれば命は拾えるぞ」

「フザけんじゃねェッ!　そんなことしたら戻った時点でブッ殺されちまうッ!!」

「どちらを選んだところで変わらないということだ。他の候補生についてはともかく、犯罪者であるならこちらも躊躇う必要もない」

「あァッ⁉　テメェ調子に乗ってんじゃ――」

「それがお前の返答か」

「おァーッ⁉　おい待てクソが指に力を入れるんじゃねェッ‼」

茶原が滝のような汗を流しながら必死に首を振る。

そんな二人のやり取りを眺めながら、天理は溜息と共に小さく手を挙げる。

「ハルトさん、協力者として一ついいですかね」

「なんだ」

「そのまま茶原さんを生かしておいてください」

「その理由を言ってみろ」

「簡単に言えば、ハルトさんには不要でも私には価値があるってところですかね」

そう答えてから、天理は青ざめている茶原に視線を向ける。

「情報提供を行うためには安全が確保されていなければいけません。ですが、ハルトさんが戦闘を行っている際には私の身が無防備になるわけです」

「……この男を護衛にでも使うつもりか？」

「はい。人間性は信用できませんが荒事には間違いなく慣れていますし、相応の場数も潜り抜けていると思うので度胸や機転も利くでしょう」

茶原については天理も詳細を調べておいた。

殺人、強盗、窃盗、暴行……あらゆる罪状を重ねながらも、警察機関や犯罪組織の目を潜り抜け、長期間に亘って逃げ延びた稀代の逃走犯。

それが茶原頼隆という人間であり、みすぼらしい風体で残飯を漁り、泥水を啜りながらでも生き延びて逃げ続ける姿から『野良犬』という通り名で呼ばれていたほどだ。

そして茶原は候補生たちの中で唯一異界の違和感について気づいており、天理と古崎が組んだ時にも何かを察して遠回しに警告を出していた。

「ということで、私がもらってもいいですかね？」

「……それがお前の判断なら好きにしろ。協力関係を結んでいる以上、こちらに影響を及ぼさない限り手は出さないでおいてやる」

「ケッ……こっちも自分から虎の尾なんざ踏みに行かねェよ」

ハルトが銃を懐にしまったところで、天理は茶原に向き直った。

「それでは茶原さん、私の護衛をお願いするにあたって条件があります」

「ヒヒッ……恩人の嬢ちゃんの頼みだったら何でも聞いてやんぜェ？」

「それじゃ、この場で茶原さんの《善霊》と《霊器》を開示してください」

「…………あァ？」

「護衛なんですから、どんな能力があるのか知っておくべきでしょう？　それに今ここで開示しておけば、裏切った時はハルトさんが対応してくれるでしょうしね」

「いやァ……それはちょいと待ってくれや。それを教えるのは都合が悪ィというか——」

「交渉決裂ですか。ハルトさん、残念なことに死体が一つ増えるようです」

「おい待て待てクソがァッ!!　そっちの兄ちゃんも銃を出すんじゃねェッ!!」

ハルトが再び懐に手を入れたところで、茶原は腰を引きながら首を振る。

よほど知られたくないのか、先ほど以上に額から汗を流している。

「おい嬢ちゃんッ!　オレは本当に裏切るつもりはねェし、なんだったらオレにしては珍しく命懸けで守ってやるッ!!　だからそれだけは勘弁してくれねェかッ!?」

「そうですねー、それじゃ《霊器》だけ見せてもらう形でどうでしょうか?」

そう言って、天理は口元に笑みを浮かべる。

「茶原さんが《霊器》を見せてくれたら、それ以上は言及しません。そして私の護衛という体裁を取りましたが、そちらについても茶原さんの自由裁量とします」

「……つまり、逃げたい時は好きに逃げろってェことか?」

「そういうことですね。ただし私が茶原さんの《善霊》を当てたら——異能の内容を晒した上で、今後は私の言葉には絶対服従としていただきます」

「《霊器》を見せろって……それだけで当てられるわけねェだろ?」

「そうかもしれませんね。ですが私も自分の能力を売った身なので、協力者に対して実力を提示しておくのも悪くないでしょう」

ハルトに目をやってから、天理はニコニコと笑いながら話を持ち掛ける。

「それでどうします？　こちらは十分に譲歩したつもりですし、妥協案すら受け入れてもらえないのなら話が白紙に戻りますけども」

「チッ……なかなかイイ性格した嬢ちゃんじゃねェか……ッ!!」

天理が条件として提示してきたということは、何らかの方法で茶原の《善霊》を当てられると確信しているということだ。

しかし天理が『妥協案』として提示した以上、それすらも拒否してしまえば茶原は敵対者という立場に逆戻りとなる。

「そこまで言うなら当ててみやがれ、クソ嬢ちゃん」

しばらく渋面を作っていた茶原だったが……無条件で情報を引き渡すよりはマシだと判断したのか、渋々といった様子で勢いよくテーブルを叩いた。

「これが——オレの《霊器》ってやつだ」

そこにあったのは、歪な形をした丸い銀塊だった。

大きさは手の上に乗るほどで、その上面には人物を模した顔が彫られている。

それを注意深く眺めるように天理は目を細めてから——

「なるほど。もう分かったので大丈夫ですよ」

「…………あ？」

「これって『贋貨』ですよね？」

そう天理が告げた瞬間、茶原が僅かに反応を見せた。

それを天理は見逃さない。

「人物を模した彫刻が施されているということは、この《霊器》は銀塊ではなく貨幣と見ていいでしょう。そして形状が歪なところを見ると鋳造技術の未熟な時代……紀元前時代のものであり、有力な候補としては貨幣の発明者とされているリュディア王国の王である『アリュアッテス』が挙げられます。しかしその場合は人物ではなく王朝の象徴であった獅子の紋章となるので除外。そして時代を考慮すると『グレシャムの法則』に関連性のあるコペルニクスやグレシャムは候補から外れることになります。そして裏面にはギリシャ文字が刻まれていることから古代ギリシャで流通していた『ドラクマ銀貨』であり、裏面に刻まれたウミワシとイルカからシノペで鋳造された物と見ていいでしょう。そこに『贋貨』という情報を加えれば——その時代で該当する人物が浮かび上がります」

自分の中にある情報と照らし合わせて空白を埋めていく。

その間も天理は茶原から目を離さない。

茶原が見せた反応すら、判断材料として組み込んで答えを導き出していく。

「それは贋造貨幣の罪によって国外追放となり——全てを失ったが故に哲学的思想に至り、アレクサンドロス大王などの著名人との逸話を残した犬儒派の哲学者です」

本来、その人物は通貨鍛造の職人として生涯を終えるはずだった。

しかし、その人物は当時流行していた偽造通貨工作の話を聞いて、贋金かどうかを確かめようとして通貨に傷をつけてしまった。

その行為が通貨変造の罪に問われてしまったことで、その人物は国外追放処分を受けることになり、地位も財産も家族も奴隷も全て失うことになった。

しかし——全てを失ったことで、その人物は新たな道を歩み出した。

ギリシア哲学の一派であるキュニコス派に属し、その思想を体現するように犬のような生活を送り、大樽を住処としていた奇人の哲学者——

「——『樽のディオゲネス』、それが茶原さんに憑いている《善霊》ですね」

その名を告げた瞬間、茶原が大きく目を見開いたのが答えだった。

「どうやら正解のようだな。お前の異能とやらも見せてみろ」

「い、いやちょっと待てッ！　嬢ちゃんの知識とかがすげェのは分かったッ!!　オレに憑いてる奴がディオゲネスってのも認めてやらァッ!!　だから異能だけは——」

「そうか」

「チクショウ何回同じやり取りすりゃいいんだよッッ!!」

再び銃を突きつけられたことで、茶原は観念したようにガックリと肩を落とした。

「なァ嬢ちゃん……一つだけ約束してくれ。いくらオレでも、異能を見せた後に約束を反故にされたら立ち直れねェからよォ……ッ!!」

「もちろん。ちゃんと異能を見せてくれたらの話ですけどね」

「チィッ……そんなに言うなら見せてやらァ……ッ!!」

そう言って、茶原が指先で銀貨を弾いた瞬間——その身体に変化が生じた。

ぐにゃりと身体が大きく歪み、その顔立ちが尖ったものへと変わる。

剥き出しになった歯が鋭い牙となり、その耳は大きく伸びて丸みを帯びたものから三角へと変わり、髪の毛は全身を覆うように広がって、五指が縮んで手のひらに載る大きさの手足となって爪が生えた結果——

最終的に、大きな茶色い犬となった。

それはもう大きくてブサイクな顔をした犬だった。

「……………え、それで終わりですか？」

「なんでェ、文句あるってェのか」

目の前に現れた犬から茶原の声が聞こえてくる。

「うわぁ……めっちゃ微妙すぎてコメントに困るなぁ……」

「だから見せたくねェって言っただろォがッ!! こんな使いモンにならねェ異能を渡されて、殺し合いのゲームに参加しろとか言われたオレの身になりやがれってんだッ!!」

犬になった茶原がバウバウと吠えるように叫ぶ。

どこからどう見ても完全に犬だが、《霊器》の能力としては間違っていない。

わん
…

ディオゲネスの属していた学派は『犬儒派』とも呼ばれるもので、あらゆる欲求を放棄し、自然に与えられたものだけで自由に生きることを主張した。

ディオゲネスは贋貨によって全てを失い、哲学の道を見出して野良犬のような生活を送ったが、そのひねくれた性格によって人々から煙たがられていた。

それ故に最も『生き方の自由』を体現した人物でもあり、その哲学思想と功績を考えれば「人間の姿を捨てて本物の犬になる」といった能力が発現しても不思議ではない。

「まぁ人間より運動能力に優れますし、人間のままだと犯罪者として知れ渡っていて他の候補生に警戒されるので、いっそ犬のままでいた方がいいんじゃないですかね？」

「……おい嬢ちゃん、それ本気で言ってんのか？」

「まんまと負け犬になったんですから、ちゃんと私の言葉には従ってくださいね」

「チッ……まァクソ嬢ちゃんの言葉にも一理あるってなァもんだ。ずっと犬の姿になってるだけで安全が買えたと思えばゴミ異能にも価値があるってもんだろォよ」

不満そうな様子ではあったが、身の安全を優先したのか現状を受け入れるつもりらしい。

さすが『野良犬』と呼ばれてまで生き延びてきた人間の順応性は違う。

「それじゃ用は済んだから帰るぜ。あばよクソ嬢ちゃん」

「はいはい。次の異界で会いましょうね、ブサイク犬」

天理に対して恨みがましい視線を向けてから、茶原はカシカシと爪を鳴らしながら食堂を出て行った。

その姿が見えなくなったところで、天理は軽く息を吐いてから口を開く。

「それでは聞き耳を立てていた犬もいなくなったことですし、改めてもう一つの本題について訊いても構いませんかね？」

「ああ。内容次第だが情報共有の一環として答えてやる」

「それはどうも。まぁ訊きたいことがあるのはリシアさんなんですけど」

「うん？　ボクに訊きたいこと？」

「はい。できれば私の経歴と同様、この件についても他言無用でお願いします」

そう前置いてから、天理は右腕をかざし——

「——《善霊》がいなくても、《霊器》は創れるものなんでしょうか」

右手に現れた、赤光を纏う剣を見せながら尋ねた。

◇

ハルトから場所を変えると提案され、天理たちは宿舎の地下へと向かった。

「おぉー……なんか映画とかドラマで見るような場所ですね」

宿舎の地下には射撃場が併設されている。

遠くに標的が設置されたレーン、本来は銃器が掛けられているラック、そして後方の机には銃器を整備するための工具や弾薬類を保管するための棚が見受けられる。

「ここは到着後、俺自身の手で直接盗聴機器がないことを確認した。防音設備や地下という立地上、他者から会話を聞かれる可能性も少ない」

「……やっぱり、他人に聞かれたらまずい話ってやつでした？」

「そうだな。その様子からして他の候補生たちに訊いて回った様子もなく、俺たちに対しても協定を結んで安全を確保してから話したのは英断と言える」

珍しくハルトが褒めるような言葉を口にしたものの、すぐに鋭い目が向けられる。

「ここでもう一度お前の《霊器》を出してみろ」

「え？　はい、それは構いませんけど……」

「それと怪我をしたくなければ何があっても《霊器》を手放すな」

「怪我って――」

そう訊き返しながら、天理が再び赤剣を生成して握り締めた瞬間――

タァンッと炸裂音が響き渡った。

甲高い金属音と共に衝撃が手に伝わり、思わず天理は身体を震わせて悶える。

「〰〰〰っっ!!　いきなり何するんですかッ!?」

「お前の《霊器》を撃った」

「短文で返事をしないッ！　私は結果じゃなくて理由を訊いてるんですよッ!!」

「……今から説明するので落ち着け」

ハルトが若干引いた様子を見せるが、こちらは何の説明も覚悟もなく銃を間近でブッ放されたせいで耳も手も痛い状況だ。そりゃ誰だってブチ切れる。

「事前に言わなかったのは、《霊器》ではなく偽物を出す可能性を考慮したからだ。先の発言が真実という確証もなかったのでな」

「偽物の剣を生み出す女子高生の可能性なんて考慮しないでくださいよ……」

「念のためだ。だが……こちらとしては偽物であった方がマシだった」

傷一つない赤剣を見て、ハルトは僅かに表情を改める。

「確認するが、お前は《善霊》がいないということでいいのか」

「そうですね。見たことも話したこともありません」

「ならば、本来は《霊器》を出せないというのが回答だ」

そうハルトは表情を変えることなく断言する。

そして椅子に座っていたリシアが横から問い掛けてくる。

「ねぇねぇ、天理ちゃんは《霊器》って何でできていると思う？」

「何って……功績じゃないんですか？」

「んーとね、功績っていうのは『異能の源』でしかないんだよ。それを現世に物質化しているのは、《善霊》が持っている霊体が基になってるんだよね」

「おっと、これは私の知らない新出単語や情報がたくさん出てきそうですね」

「これは本当に何も知らない感じだねぇ……」

「はい。一応自分で推測は立てていたんですけど……推測なので確証はありませんし、他の候補生たちは知っている様子だったので無闇に訊けなかったんですよね」

「ふんふん。それじゃボクが分かりやすく教えてあげるっ！」

にぱりと笑ってから、リシアは懐に手を入れた。

そして、ビニールに包まれたビスケットを取り出してみせた。

「このビスケットが異能の源である功績だとして、壊さないように現世というテーブルの上に落とさないといけない。そんな時に天理ちゃんだったらどうする？」

「それは……緩衝材で包んだりしますかね？」

「うんうんっ！　つまり《善霊》は緩衝材の役割も担ってるわけなんだよ」

リシアが懐からハンカチを取り出し、それでビスケットを包み込む。

そして、テーブルの上にぽとんと落とした。

「《善霊》の持っている霊体で包み込むことで、異能は正しい形と能力を持った《霊器》という物体となって現世に創り出される。だけど、その霊体を通さなければ――」

「――砕け散って、異界という空間を創り出すわけですか」

そう天理が答えた瞬間、リシアは口元に笑みを浮かべた。

「さすが天理ちゃん、呑み込み早いねっ！」

「……まぁ、異界と異能の関連性については多少考えていましたからね」

《霊器》が持っている人智と理を超越した異能。

　悪霊によって生み出される既存の常識や法則とは異なる世界。

　両者は形状こそ違うが、別物であると考えるより同一のものと考えるのが自然だ。

「そもそも功績なんてものは人間なら誰でも持っているものだからね。テストで百点を取った、何かのスポーツで一番になった、困っているおばあさんを助けた……どれほど規模が小さくて些細なことでも、それはその人だけが持っている『功績』なんだよ」

「……それなら、どんな人間でも死後は異能を持つということですか？」

「可能性としてはゼロじゃないってところかな。だけど……そういった功績は当人から見ると微々たる小さなものとして映りやすい。大半の人間はそんな小さな功績では自己肯定もできない。だから――自身の存在や人格を保つことができない」

　先日の異界で見た蜥蜴に似た悪霊。

　それだけでなく、天理は八年前にも多くの悪霊たちを目にしてきている。

　それらは僅かながらに人としての面影や痕跡が見られたものの、大半が人間とかけ離れた姿をしていて原形のほとんどを失っていた。

「大抵の人間は自身の魂を保てなくなった時点で消滅する。だけど……この世に未練を残して死んだ者は魂まで死にきれない。そして自我を持たないまま他人の功績を羨んで、他者の功績を喰らって肥大化したものが悪霊になるってわけさ」

　そこまでリシアが語ったところで、天理は浮かんだ疑問について尋ねてみた。

「それじゃ、悪霊と《善霊》の違いってなんなんですか？」

「それは単純に知名度だね。たとえば天理ちゃんは有名なラーメン屋さんと無名のお店、どっちのお店でラーメンを食べたい？」

「……一般的な回答だと、有名な店になりますかね？」

「うんうん。有名なお店は『きっと美味しい』っていうイメージができるように、名前が知れ渡っているっていうことは他者の想念によって明確な姿が形成されるのさ」

ひらひらと、リシアはハンカチを目の前で揺らしてみせる。

「現代でも名前が語り継がれている《善霊》たちは、長い年月と数多の想念によって魂の形が安定して定まっている。だから死後も自我や姿を失わないってことだね」

「そして既に明確なイメージを持つ《善霊》だからこそ、《霊器》を正しい形で創り出すことができるということですか。なんとなく理解できました」

「ふふんっ、もっと訊きたいことあったら何でも答えるよっ！　天理ちゃんだけ何も知らないってのはフェアじゃないし、ボクは何でも知ってるからねっ！」

「そういうのって大抵は何でも知ってないパターンなんですけどねー」

「む、疑ってるの？　それなら他には――」

「解説はそこまでにしておけ」

リシアの言葉を遮るように、ハルトが鋭い声を発した。

「最たる問題は、穂羽天理が《善霊》のいない状況で《霊器》を創り出せている点だ」

「うーん……単純な話で解決するなら、天理ちゃんに憑いている《善霊》がまだ接触してないってことくらいだけど、天理ちゃんは《霊器》の異能って使えるの？」

「異能どころか重たくて使い物にならない置物以下の存在ですね」

「それも普通だったらあり得ないんだよね。宿主である候補生に憑いた時点で、候補生は一時的に《善霊》と同一の存在になっている状態だからさ」

「……ええと、自分で使えない物が《霊器》になるわけがないってことですよね？」

「うんうん。たとえば《霊器》が剣じゃなくて大きな丸太だったとしても、天理ちゃんは軽々と扱えるはずだし、それに合わせて身体能力も上がったりするはずなんだよ」

赤剣を見つめながら、リシアが碧玉の瞳を光らせる。

「それなら――まだ使えないっていうことなのかな？」

見ているだけで吸い込まれそうな錯覚を覚える瞳。

思わず、天理がその瞳に見惚れていた時――

ハルトに肩を叩かれ、現実に引き戻されるように顔を上げた。

「現状では詳細も不明、そして使い物にならないなら放置で構わないだろう」

「使い物にならないかは、私の腕前を見てからにしてもらえますか……っ!?」

「そのへっぴり腰で妙な自信を見せようとするな」

ぷるぷると手足を震わせている天理を見て、ハルトは呆れるように首を振った。

実際のところ、使い物にならないという意見は正しい。

古崎と対峙した時には不意を突いて暗器のような使い方をしたが、毎回同じような方法がとれるとは限らない。

たとえ赤剣に重量が無かったとしても剣技の心得もない一般的な身体能力の女子高生に扱えるわけがないので、天理にとっては本当に無用の長物と言えるだろう。

「お前の役目は情報提供だ。あとは最低限の自衛手段があればいい」

「最低限の自衛手段っていうと……銃の扱いってことですかね？」

「そうだ」

そう言って、ハルトは懐から銃を取り出して天理に差し出した。

それを受け取ると……冷たく重々しい感触が手に圧し掛かってくる。

「基本的な扱いについては理解しているか」

「はい。実際に撃ったこともあるので大丈夫だと思います」

「他の銃火器類で扱える物はあるか」

「……他と言いますと？」

「自動小銃、対物ライフル、他にも高性能爆薬等が扱えると望ましい」

「そんな技術を一般的な女子高生に要求してくるとは思いませんでした」

「それなら習得しろ。自衛手段は対人戦闘だけでなく悪霊も想定するべきだ」

そう告げてから――ハルトは自身の手の内に歪剣を生み出した。

そして狙いを定めるように的へと剣先を向ける。

「悪霊は魂核を破壊することによって消滅する。そして魂核とは人間の魂が寄せ集められて形成されたものであり、《善霊》と違って霊体にも守られていないことから銃火器といった物理的手段によって破壊することができる」

「ああ……もしかして悪霊が肉体を持っている理由って、人間を襲うためじゃなくて霊体の代わりに魂核を守るためなんですか？」

「そうだ。肉体を得て生者を直接捕食するという意味もあるが、本来の理由は異界を形成した際に露出してしまう魂核を守るための器だ」

天理の疑問に答えながら、ハルトは歪剣を軽く掲げる。

「そして魂核の強度は取り込んだ人間の数に比例する。銃弾一発で一人を殺せる威力と仮定した場合、数十人の魂で形成された魂核は同数の弾丸を撃ち込めば破壊できる」

「……それって言うほど簡単じゃないですよね？」

「当然だ。悪霊という生物のように移動する対象、個々によって位置が異なっている魂核、そこに異界という通常とは異なる劣悪な環境が加われば、どれだけ訓練を積んだ狙撃兵だろうと狙って何度も当てられるものではない」

だが、とハルトは言葉を続ける。

「《善霊》の霊体は最低でも数万人以上の想念が集って形成されているものだ。それ故に霊体を介している《霊器》は容易に破壊できず、その強度において遥（はる）かに劣る悪霊の魂核ならば一撃で破壊することが可能だ」

「……あの、軽く言ってますけど結構重要なことですよね？」

「そうだな」

普段通りの表情でハルトがしれっと答える。

悪霊や魂核、《霊器》の有用性などは説明されたが、《霊器》そのもので魂核に攻撃を加えると一撃で殺せるということは聞いた覚えがない。

それこそ……以前から《霊器》によって悪霊狩りを行っていた者しか知らないことだ。

「お前にこの情報を開示した理由は二つだ。《霊器》が出せるならお前にも悪霊を殺せるということ。そして魂核の耐久性を知っておけば現代火器による対処ができる点だ」

そう告げながら、ハルトは自身の黒瞳を指さす。

「悪霊は人間と同等の思考力を持っている。それならばお前の観察眼と断片的な情報から推論を組み上げる能力によって……悪霊の動きや意図を読み、人間的思考と心理の二つを利用して魂核の位置を特定することができると考えている」

「そして異界にも慣れているから、環境にも左右されないってことですか」

ハルトの意図を理解し、天理は受け取った拳銃の安全装置を外す。

「それが叶うなら……私にとっても頑張ってみる価値はありますね」

子供だったとはいえ、以前の天理には何もできなかった。

目の前で他人が喰われるのを黙って見ていることしかできなかった。

そんな他人を犠牲にして逃げおおせたことも数えきれないほどあった。

自分を逃がすために残った母の背中を見つめていることしかできなかった。

だからこそ――

「――逃げるしか選択肢がないなんて、死んでも死にきれませんから」

タァン、と軽い炸裂音を響かせながら、遠くにある的に向かって弾丸を撃ち出した。

その様子を見て、ハルトは大きく頷いてみせる。

「なるほど、正しい姿勢や反動の逃がし方についてはできているようだな」

「異界に入ると決めた時に保護者から一通りは仕込まれましたからね。さすがに付け焼刃なので魂核を狙って当てられるほどの自信はありませんけど」

「肉体に当てるだけでも悪霊の動きは鈍る。逃亡の機会を作るという意味でも、優先して身に付けるべきなのは射撃によって自身の身体を痛めないようにすることだ」

ハルトが近くに置かれていた箱を机に乗せると、無数の弾丸が音を立てて溢れ出した。

「…………わーお」

「とにかく衝撃に慣れろ。そして自動小銃や対物ライフルの場合は反動だけでなく、所持した状態で長時間の運動ができるように訓練を行っていく想定だ」

「思っていたよりもガチめな訓練になりそうで正直後悔しそうです」

「銃と弾丸についてはこちらで用意してやる。希望があるなら先に言っておけ」

「自動小銃はカラシニコフ、対物ライフルはバレットM82でお願いします」

「……具体的に答えたわりには統一性がないな」

「アニメとゲームによく出てくるので答えてみました」

「………そうか」

天理が自信満々に答えると、ハルトが珍しく不安そうに眉を歪めていた。

そこまで銃器には詳しくないし深いこだわりがあるわけでもないが、知っている銃だったらテンションも上がって辛い訓練にも耐えられるだろうという思考だ。

「そちらは手配しておく。少なくとも毎日実射訓練を行っていれば拳銃程度は次の任務までに間に合うと――」

ハルトが淡々と説明を行っていた時、不意に言葉を止めた。

その視線が天理の背後に向けられているのを見て、そちらに向かって振り返る。

「……なんか、二人とも楽しそうだねー」

椅子を逆向きにして座りながら、リシアがつまらなそうに頬を膨らませていた。

「せっかく天理ちゃんが一緒にいることになったから、一緒にお買い物とか現代の食べ物とか食べ歩きしたいと思ってたのになぁ……」

「穂羽天理の同行に関係なく許可するつもりはないが」

「それだよっ!! ハルトくんはボクが何かをしようとすると全部ダメって言うじゃんっ!! どうしてボクがわざわざ実体を作っているのか理解してるのっ!?」

「なぜだ」

「現代世界をめちゃくちゃ満喫するためさっ!!」

「そうか」

リシアによる必死の演説も虚しく、ハルトの三文字返答によって切り捨てられていた。

「食事なら宿舎で多種多様な料理を注文すれば事足りる。宿舎内であるなら自由に出歩くことも許可している。そして俺が外出する際にも必ず同行させているはずだ」

「だけどハルトくんパンケーキ屋さんに行かないじゃんっ!!」

「俺がそのような場所に行く姿を想像できるか」

「ハルトくんがパンケーキのメニューを眺めている姿だけで笑えるっ!!」

「そういうことだ。そして俺の立場的にも目立つような行動は取るべきではない」

ハルトは『殺し屋』という非合法な仕事を請け負う立場であり、茶原の話では既にＩＣＰＯから目を付けられている。そちらは対処しているようだが、目立った行動をして余計な手間が増えるなら避けるのが普通だろう。

だが――それ以外にも気になることがある。

「私は別にリシアさんと一緒に遊ぶくらい構わないんですけど、それでハルトさんが人目に付かないところから見ているっていうのはダメなんですか？」

「……お前まで何を言い出すつもりだ」

「いや妙に過保護というか、それくらいいいんじゃないかなーってだけの発言ですけど」

「やっぱり天理(てんり)ちゃんもそう思うよねっ⁉」

「まぁ何か事情があるなら口出しするつもりはないんですけどね。ですが私も本格的に訓練みたいなことをするなら、適当に美味(おい)しい物を食べたり遊んでおきたいかなーと」

「ほら天理ちゃんもこう言ってるんだからっ！」

「……却下だ。遊興については穂羽(ほばね)天理が単独でも行えることであり、俺やリシアについては緊急性も無ければ必要性もない以上――」

「パンケーキっ！　それパンケーキっ!!」

「へいへいパンケーキパンケーキ」

「……穂羽天理、そいつの言動に乗ってやるなら無表情で手拍子するのはやめろ」

天理とリシアによるパンケーキコールが心底ウザかったのか、ハルトがこれ以上ないほど表情を歪(ゆが)めながら溜息(ためいき)をついた。そこまで嫌そうにしなくてもいいだろうに。

「……ならば明日は好きにしろ。こちらは穂羽天理の訓練に必要な装備や医療品、そして丸一日射撃を行っても尽きない量の弾薬を注文しておいてやる」

「おっと私の負担が爆増した気配がする……ッ!!」

「明後日(あさって)以降は射撃場から出られない覚悟をしておけ」

そう言い残してから、ハルトは静かに背を向けて射撃場を出て行った。

そんな背中を見送る中、リシアが目を輝かせながら手をぱたつかせる。

「ねぇねぇ天理ちゃんっ！　明日はどこに連れて行ってくれるのっ⁉」

「そうですねぇ……できればリシアさんの希望に沿いたいんですけど、東京都心とか見るからに都会ってところは案内できる自信がないんですよねー」

おそらく池袋や渋谷あたりに連れて行ったら喜んでくれそうだが、見た目が派手なだけで中身は陰の者である天理は土地勘が全くないと言っていい。

そして遠出をすると移動時間が掛かってしまうし、大宮から都心に出るだけでも三十分くらいは掛かってしまう。そこに目的地まで歩く道中、人気店特有の行列、無駄に入り組んでいる駅構内などを考えるといたずらに時間を消費してしまいそうだ。

「あ、そもそも遠出しなくても近くにあるじゃないですか」

「え？　そうなの？」

「はい。ここから歩いて十分程度の場所です」

移動時間が掛からず、買い物や食事処が困らない程度にあり、それなりに都会っぽいような雰囲気で、天理にも土地勘があって案内できる場所——

「東埼玉における都会——大宮駅前です」

◇

埼玉県とは、なんか色々と残念だが優秀な県だと天理は考えている。

東南部は都心と近くアクセスが優秀で、それでいて東京よりも家賃や物価が安い。

観光地が無いと言われがちだが、山一面に広がる紅葉や曼珠沙華の公園といった自然関係の名所は非常に多く、海と隣接していない代わりに河川面積は全国一位を誇っている。

名産物が無いとも言われがちだが、里芋の産出は全国で第一位、珍しく他所でも名前が知られている深谷ネギは二位、そして静岡茶や宇治茶に並ぶ日本三大銘茶の一つとして数えられている狭山茶の生産地でもある。

そんな埼玉県が誇る都会の一つ、大宮駅前についてだが――

「――これは、都会……なのかな？」

リシアが建ち並ぶビルを眺めながら、こてんと首を傾げて疑問符を浮かべていた。

大宮駅の名誉のために言っておくと、ちゃんと栄えている場所ではある。

埼玉県の西部は山と川と茶畑と住宅街しかないが、埼玉県南東部さいたま市は県庁を擁する地域であり、初めて大宮を訪れた時には「これが本当に同じ埼玉なのか」と天理が思ってしまったくらいには都会と言える。

多くの人が思い浮かべる『都会』と比べると少々見劣りしてしまうが、それでも遊びや買い物などでは何一つ不自由のない場所だ。

「まぁ人混みが多すぎるのも嫌ですしね。少なくとも現代を満喫するには十分だと思うので、あとはリシアさんが行きたいところを決めていいですよ」

「ボクが行き先とか決めていいのっ!?」

「もちろんです。今日は付き合いますので好きに決めちゃっていいですよ」

「やったぁーっ！　それじゃどこにしよっかなーっ！」

そう言って天理がスマホを見せると、リシアが嬉しそうに画面を覗き込んでくる。

「だけど、天理ちゃんはよかったの？」

「はい？　何がですか？」

「だって、本当だったら天理ちゃんも学校とかあるはずだよね？」

「あー、そこらへんは大丈夫です。今の私は休学扱いになっていますからね」

候補生は本業に従事しながら候補生としての活動を行うことが許されており、その場合は防衛省から直属の管理者に対して部分的な事情説明が行われる。

つまるところ、防衛省からの要請に対応できるように便宜が図られ、候補生としての活動に支障が出ないよう配慮を受けることができるといった感じだ。

天理の場合は通学していた学校の校長と担任が事情説明を受けたわけだが、天理はその時点で休学を申し入れた。

なにせ異界に入ることの危険性は既に知っていたし、そのために進めていた事前準備の時点で圧倒的に時間が足りていなかった。

それならば学業に割く時間を充て、少しでも多く知識を詰め込んで確実に生きて帰れるようにするべきであり、自主退学ではなく『休学』にしたのも、生き残って高校やら大学を出て真っ当に生きてやろうという天理なりの意思表示でもある。

しかし、そんな天理の返答を聞いてリシアはきょとんと首を傾げた。

「でも……天理ちゃんが着てるのって学校の制服だよね？」

「はい、在籍している高校の制服ですね」

「学校を休んでるなら私服とか着るものじゃないの？」

「あー、私の見た目とか服装には明確な理由がありましてね」

困ったように笑いながら、天理は自身の髪を指先で弄っていると――

「――ちょっとごめんね、君って学生さんだよね」

「まだお昼だけど、どうしてこんな時間に出歩いてるんだい？」

青い制服に身を包んだ警官の二人が、天理に声を掛けながら近づいてきた。

その表情は柔和なものだったが、視線や雰囲気は明らかに天理のことを補導対象と見ており、僅かながら警戒していることが窺えた。

だからこそ――

「はい、私立階陽高等学校の生徒です。巡回お疲れ様です」

そう天理が笑顔で応対すると、警官たちが訝しみながら顔を見合わせた。

「ええと……今日は平日だし、この時間だったら学校があると――」

「はい。ですが私は学校側から成績優良者として自主学習の許可と通学免除を受けていまして……こちらが生徒手帳と担任の連絡先なのでご確認ください」

終始笑顔のまま手際よく学生手帳を提示し、天理は慣れた流れで会話を続ける。

「それで出歩いていた理由ですが、学校側に提出する自主学習として『外見が及ぼす他者に対する心理的影響、その際に発生する視線運動と表情反応』といった研究内容の調査を行うために人通りが多い大宮駅前を歩いていたわけなんですが――」

「えー、あー……ごめんね、つまり学業の一環で出歩いているってことかい？」

「はい。将来的に心理学専攻で大学に進学することを考えているものでして。たぶん私の見た目でお声掛けされたと思うので、誤解させてしまったようで申し訳ありません」

丁寧な応対と共に頭を下げると、ようやく警官たちが警戒を解いて表情を緩ませた。

「いやぁ……正直に言うと君の見た目が少し派手だったから、学校をサボって出歩いているのかと思って声を掛けたんだ」

「あはは……すみません、この見た目も自主学習の一環でしているものなんです。一応、嘘ではない証明として学校の方に確認を取っていただいても構いませんので」

「いやいや、念のために声を掛けさせてもらっただけだから大丈夫だよ。そもそも学校をサボるつもりなら制服なんて着ないだろうしね」

最終的に問題ないと判断したのか、警官たちは柔和な笑みと共に軽く頭を下げた。

「それじゃご協力ありがとう。勉強の方も頑張ってね」

「はい、お疲れ様です」

天理がぺこりと頭を下げると、警官たちが踵を返して立ち去っていく。

その姿が遠のいたところで、天理は静かに顔を上げた。

「——とまぁ、派手な見た目と学生服という組み合わせだと警察が高確率で声を掛けに来るので、ナンパ目的などの面倒な男たちを散らすことができるわけです」

「うわぁ……警察のおじさんたちの信じきっていた笑顔が悲しい……」

「休学していることを除けば事実なので、深く気にしないでおきましょう」

そう言って、天理は軽い調子で歩き始める。

「この髪色は目立つので人を問わずに声を掛けられやすいものでしてね。興味本位の女子高生に声を掛けられたり、無断で写真を撮るような子もいますし、それを回避するために少し派手というか不良っぽい見た目にしているわけです」

見た目からして「絡んだら面倒なことになりそう」といった印象を最初から与えておけば、相手の方が天理を避けてくれて面倒なことにならないというわけだ。

「要はハロー効果とゲイン効果ってやつです。この見た目で私の評価を意図的に下げて他者を遠ざけつつ、警察といった人たちに対しては常識的かつ丁寧な応対をすることで、普段よりもプラスの印象を与えることができるってわけですね」

「んと、不良が良い事をしたら二割増しで良い事をしたように見えるみたいなやつ？」

「だいたいそれで合ってますかね」

「想像以上に打算的な理由だった……っ！」

「この髪色のせいで面倒事に巻き込まれることが多かったんですよ……。だから有効活用できるように知恵を絞った結果、こうして見た目には気を遣っているわけです」

　小学生や中学時代のことを思い出して、天理はげんなりしながら溜息をつく。どれだけ地毛だと説明しても「髪を黒に染めてこい」としか言わない教師や、同性の級友たちから受ける妬み嫉みの陰口などは今思い出しても面倒だった。

「それでリシアさん、行ってみたいところは決まりました？」

「うーん……とりあえず歩き回って色んな人たちを眺めながら決めようかな？」

　にぱりと笑うリシアを見て、天理は少しだけ首を傾げた。

「へぇ……なんか意外でした。てっきり流行りのお店とか、現代機器がドッサリあるところとか、そういったところに行きたいのかなーと思っていたので」

「……天理ちゃん、もしかしてボクが現代について何も知らないとか思ってない？」

「まぁ昔の人が現代に驚くのは鉄板ネタですよね」

「確かにアニメとかマンガだとよくある話だけどさぁ……ボクたちは肉体こそ滅んでも魂は生き永らえてきたわけだし、ちゃんと現代知識くらい持ってるんだからね？」

「分かってますよ。ちょっとした現代ジョークです」

　ぷくりと頬を膨らませたリシアに対して、天理は苦笑しながら頭を撫でる。

　出会った時にも『数百年あれば大抵の言語を網羅できる』と言っていたことから、死後も現世について把握していたことは想像できる。

「まぁ『知識』しかないっていうのは正しいけどね。ボクはずっと昔に死んじゃった人間だし、その時代を生きている人の気持ちまでは分からないからさ」

そう言いながら、リシアは翠玉(すいぎょく)の瞳で道行く人々を眺める。

「だからボクはずっと色んな人たちを眺めてきたんだ。ボクがいなくなった後の世界で、その時代に生きる人たちが何を感じて何を想(おも)っているのか理解したくてさ」

普段と変わらない、しかし寂しげにも見える笑顔。

その横顔を眺めていた時、リシアはにぱりと笑ってスマホを返してきた。

「んっ！　それじゃお散歩しよっかっ！」

「はいはい。まぁ私はリシアさんと話をするのが目的なので何でも大丈夫ですよ」

「うん？　そうだったの？」

「ええ。どうしても訊(き)いておきたいことがあるんです」

そう、天理(てんり)は言葉を返してから——

「——この世界を壊した、『王霊』について何か知りませんか」


候補生たちが最終的に討伐する悪霊の王。

死者が現世を闊歩(かっぽ)し、異界や悪霊が現れるようになった元凶。

その存在について知るために、リシアと会話する機会が欲しかった。

そんな天理の言葉を聞いて——リシアはパチンと指を鳴らした。

「ふんふん。どうして天理ちゃんはボクに訊こうと思ったのかな？」

「私には情報源である《善霊》がいませんからね。身近に聞ける存在がいない以上、それに近しいリシアさんから訊くのが一番だと思ったんですよ」

「だけど、それだけじゃないよね？」

天理の様子を窺うように、リシアが翠玉の瞳を向けてくる。

「その情報だけならハルトくんから訊くこともできたし、犬のおじさんから訊き出すこともできたはずだ。だけど天理ちゃんは二人きりの状況を作ってまでボクを選んだわけだ」

「……そうですね。リシアさんを選んだ理由はあります」

《善霊》がいないというだけでなく、『王霊』に関する情報があまりにも少ない。

それこそ候補生たちの最終標的でありながら、説明会で言われた内容は「世界を壊して現世を奪おうとしている簒奪者」、「悪霊たちを統べる王」といった程度でしかなかった。

そして、ハルトやリシアから《霊器》の説明を聞いて疑問が浮かんだ。

「仮に悪霊の一種であるなら、やろうと思えば《霊器》によって魂核を破壊できます。わざわざ候補生を選別して、新たな偉人を作り出すという手間は必要ありません」

それができないということは、少なくとも『王霊』と呼ばれる存在は《善霊》と同じように霊体を持つような存在、もしくは《善霊》そのものであるとも推測できる。

「もしも霊体を持つことができる悪霊がいるとするなら、その存在も《善霊》と同じように多くの人々に知れ渡っている者となります。それなのに候補生に対して説明できるほどの情報さえないというのは明らかに矛盾しています」

霊体が知名度によって形成される以上、何かしらの形で名前が残っているはずだ。

一昔前ならいざ知らず、インターネットが発達した現代社会であれば、調べようと思えば簡単に情報を得ることができる。

しかも《霊器》で対抗することさえ難しい相手であるなら、特定のマイナーな分野などではなく、誰もが知っているレベルの知名度を持っていることだろう。

「ですが、実際に情報のない《善霊》も中には存在しています。それこそ私の《善霊》についてもそうですし――そこにはリシアさんも含まれています」

天理が調べた限り、『リシア』という名前の偉人は存在しない。

たとえ偽名でも『女性の偉人』というだけで特定材料としては十分すぎるものだ。

しかし偉人の中には女性説がある戦国武将の『上杉謙信』、女地頭の渾名を付けられた『井伊直虎』が男性だった可能性が出てきたりと、過去の人物である故に正確な情報が消失していたり、当時の時代や情勢的に性別を偽っていた可能性がある。

だが、それでも何かしらの形で性別に関連した逸話や痕跡が残っているものだ。

そして……もう一つの特定材料である《霊器》にも不可解な点がある。

「ハルトさんの《霊器》は全体的な形状こそ古代ギリシャの『ハルパー』に近いと言えますが、あの歪んだ形状の刃はアフリカの部族が用いる投擲武器の『クピンガ』にも似ていて、柄や鍔といった装飾にいたっては中東や東洋の文化らしい特徴も見られました。それはあまりにも特徴が多すぎます」

天理の場合は『剣』という形状である故に、自身の《善霊》を特定できなかった。

『剣』といっても短剣、直剣、曲剣、片刃剣、両手剣、小剣、細剣、大剣と挙げればキリがなく、『剣』は紀元前から近代、地域に至っては古代の日本から西洋に至るまで使われていた代物で、他に特徴らしい紋章なども見当たらない。

つまり特徴が無さすぎて情報が足りないことから特定には至らなかった。

しかし、ハルトの《霊器》には多くの特徴が混在しているだけでなく、そこに一貫性や共通点もないことから正体に繋（つな）がる情報が一切読み取れない。

その功績を持っている、『リシア』という少女の情報が何一つとして分からない。

「あなたは――何者なんですか、リシアさん」

隣を歩く少女に向かって、天理は僅かに表情を強張（こわば）らせながら尋ねる。

そして、リシアは口元に笑みを浮かべてから――

「――うん、天理ちゃんは本当に賢い子だっ！」

パチンと指を鳴らしてから、にぱりと華やいだ笑顔を見せた。

「でもボクの正体は教えてあげないっ!!」

「……ですよねぇー」

「まぁ教えてあげてもいいんだけどね。だけど……たとえ教えたとしても天理ちゃんには分からない。キミの推測通り、ボクは情報が残っていない《善霊》だからね」

そう答えてから、リシアは軽やかな足取りでアスファルトの上を跳ねる。

「天理ちゃんは『空白の三十万年』って知ってるかな？」

「えっと……詳しくは知りませんけど、ホモサピエンスは三十万年前には存在していたのに、紀元前数千年まで文明が起こらなかったのは不自然だから、空白の間には文明があったんじゃないかっていう話ですよね？」

「うんうん。ボクはそんな空白の時代に生きていた人間なんだ」

翠玉の瞳で世界を見つめながら、リシアは遠い昔の出来事について語る。

「その時代は今みたいに世界中が栄えているわけじゃなかったし、何もかもが消えちゃったけど……そこには、確かに文明と国が存在していたんだよ」

目の前の光景と過去を重ねるように、その翠玉の瞳を揺らしている。

「その国には一人の王様がいてね。まぁ誰もが称賛するほどの王様ってわけじゃなかったんだけど……誰よりも国を愛していたし、『王』としての責務を果たしていたんだ」

しかし、その国は後世に残ることは無かった。

長い歴史の中で埋もれてしまい、今ではその痕跡すらも残っていない。

「……その王様が、後世で『王霊』になったということなんですか？」

「うん。人類史における原初の『王』であり、初めて『霊』という存在に至った者だからこそ『王霊』という名を冠しているというわけさ」

「それなら……どうして、そんな人が今の世界を壊しそうとしているんですか？」

そう天理は尋ねたものの、その理由については半ば察しがついていた。

人類史において、『王』として人々の頂点に立っていた者たちは数多く存在する。

それと同時に、多くの『王』たちが天寿を全うできずに生涯を閉じてきた。

その最たる原因は当時では手の施しようがなかった病魔によるものだが……人々の頂点に立つという特有の役割によって命を落としてもきた。

それこそが――


「――その『王』は、暗殺によって命を落としたのさ」


そう、リシアは『王』の死因について語った。

「『王』の死がきっかけとなって国は滅んで、そして今では跡形もなく消え去った。自分が愛した国や民を奪われたことで、その未練だけで『魂』を繋ぎ止め続けた」

そんな御伽話のような話を語りながら、リシアは笑みを浮かべる。

「そして『王』は魂だけの存在に成り果てながら……自分の命だけでなく、自身の全てを奪った存在を見つけるためだけに動いてきた。『死』という本来なら触れることができない領域さえ捻じ曲げて、死者の魂が消えることなく留まる世界を創り、その魂が巡り巡って現世へと戻る機構を組み上げ、自分を殺した者から逃げ場を一つずつ奪っていって――そして最後に現世という逃げ場を奪いに来たってわけさ」

だからこそ、世界は壊されて捻じ曲げられた。

自身を殺した者に対する執着によって、本来なら存在していた『死』という逃げ場さえも奪って、決して仇敵を逃すことがないように囲い込んでいった。

まるで――自分から奪われたものを奪い返すように。

「それが『王霊』と呼ばれる者の話であり、世界が壊れた原因ってわけさ。まぁ信じるか信じないかは天理ちゃん次第ってところだけどね？」

「なんか急に都市伝説っぽいオチを付けないでくださいよ……」

「だって今じゃ何も痕跡が残ってないし、実はボクが小説家とかの《善霊》で適当に話を作って聞かせただけって可能性もあるわけだからねっ！」

「なるほど。それではリシア先生の次回作にも期待しておきましょう」

そんなリシアの頭をぽんぽんと叩きながら苦笑を向ける。

最後は適当に誤魔化されてしまったが、おそらくリシアが語ったことは真実だろう。

少なくとも――天理の推測通りであれば、そう判断できる内容だった。

「はいっ！　それじゃ目的地に着いたから難しい話は終わりっ！」

「……………目的地？」

リシアがくるりと身を翻したところで、天理はゆっくりと顔を上げる。

そこには――シンプルな黄色い看板に『次郎くんラーメン』と書かれた店があった。

「うわぁ……今までの会話との温度差がすごい……」

「天理ちゃんっ！　一緒にアブラヤサイマシマシにしようっ！」

「わぁー、ニンニク抜いているあたりが女子っぽーい」

「それでラーメン食べたらケーキ屋さんに行って、次にお団子屋さんに行って、和菓子屋さんでどら焼き食べて、最後は生クリームたっぷりのパンケーキで締めだねっ！」

「なんでそんなドカ食い街道まっしぐらなんですか……ッ!?」

リシアは目を輝かせながら一つ一つ指を折って食べたい物を挙げていたが、それらを聞いていただけでお腹いっぱいになってきた。

「食は文化と技術の指標だからねっ！　だから時代を知るには食事が一番っ！」

「いやそうかもしれませんけどね……というか、その身体のどこに入るんですか」

「全部どこかに消えるっ！」

「そんなチートみたいな方法でカロリーオフできるとかズルすぎでしょう……」

「天理ちゃんだって胸に栄養いくんだからズルみたいなものでしょっ!?」

「ははは、いくらリシアさんでも次同じこと言ったらシバキますよ」

ぐらぐらとリシアの頭をめちゃくちゃに揺らしてやる。髪色だけでなく望まない方向で豊かになってしまった体型についても気にしていることなので、そちらに触れるのも天理の中では御法度だ。

「だけど天理ちゃん、今日はボクに付き合ってくれるんだよね？」

「あぁ……過去の自分に熱々のラーメンを頭から叩きつけてやりたい……ッ!!」

「大丈夫、いっぱいカロリーを取ってもハルトくんの訓練で消費されるからっ！」

「はぁ……もう分かりましたよ……。どうせしばらく射撃場から出られない日々が続くっていうなら、冬眠前の熊みたいにカロリー摂取しまくって備えてやりますよ……ッ!!」

「よぉーしその意気だぁーっ!!」

楽しげに店内へ突撃していくリシアの後を追って、天理(てんり)はお腹(なか)の調子を整えるように撫(な)で回(まわ)しながら後を追った。

ちなみに……その後、全ての店を回りきったところで天理は動けなくなった。

そして翌日には食べ過ぎでお腹を壊したせいで、ハルトから「体調が戻るまで訓練ではなく知識を身に付けるだけでいい」と言われてカロリー消費の機会すら失った。

もしも過去を変えられるなら、本当に自分のことを殴りたいと思う一日だった。

●三章　人間と悪霊と「　　　」

人類の最古の文明はメソポタミア文明と言われている。

その源流は謎が多いとされているのは『シュメール文明』とも言われている。

シュメール人はメソポタミア文明の初期から中心となった民族だったが、その民族起源や言語系統は現在に至るまで謎に包まれている。

そして数々の先進的な技術などを持ち、それらは現代においても活用されるほど正確なものであったことから、『別の惑星から来た宇宙人説』といった都市伝説に近い突拍子のない論説まで出ているほどだ。

結局、シュメール人たちが何者で、どこから流れ着いた民族で、なぜ卓越した先進的な技術を持っていたのかは分からない。

そんなシュメール人たちも既に滅亡してしまい、真実を知る者たちは消えてしまった。

しかし、その真実は残っている。それらの真実は数多の秘密結社によって受け継がれており、人類史を覆す重要な情報を守るために今も現代社会の裏で暗躍し続けている。

それは誰もが一度は耳にしたことがある——

「——あー、またいつも通りの展開でしたか」

「天理ちゃん、何見てたの？」

「スマホでお手軽に世界の謎を追い求めていました」

「えー……せっかく綺麗なのにスマホなんか見てたらもったいないよ？」

ぷくりと頬を膨らませるリシアにつられて、天理も緩慢な動作で顔を上げる。

そこには――見渡す限りの大海原が広がっていた。


「ほらほらっ！　天理ちゃん海が綺麗だよっ！」

「わぁーい、海だぁー」

「……天理ちゃん、海嫌いなの？」

「いやぁ……埼玉県という海のない場所で生活していると、大量の塩水もとい海を見ると恐怖を抱くと言いますか、川と違って足がつかないとか怖すぎとか、クラゲとかサメとかいるなら川で泳いだ方が良いとか思っちゃうんですよね」

「そういうものなの？」

「たぶん私だけなので、多くの埼玉県民は違うと思います」

適当な言葉を返しながら、天理は足元に見える無骨な甲板に視線を移してみる。

海上自衛隊保有の輸送艦。

そんな日常では決して乗らない船に搭乗して――天理たちは異界に向かっている。

最初の任務を終えた一ヵ月後、候補生の端末に次の任務が送られてきた。

以前より異界の発生が確認されていた『深影島』という離島。

そこは石炭採掘で栄華を極めた『軍艦島』のように、かつては資源採掘のために多くの人間が住んでいたとされるが……主要エネルギーが石油に移行したことによって衰退、閉山によって現在は放棄された無人島となっている。

「人のいない離島ってことは、前みたいに弱い悪霊なんですかねー」

「一概にそうとは言えないものだ」

そんな天理の言葉に対して……背後にいたハルトが静かに声を上げた。

「悪霊は死者の魂……正確にはその魂に刻まれた功績を喰らうことで自身を肥大化させていく。しかし、それらは異界を形成しなくても行えるものだ」

「……そうなんですか？」

「そもそも異界とは悪霊が現世に対して物理干渉を行うために取る手段だ。つまり、無理やり生者を殺してでも魂を奪おうとする場合に用いることが多い」

しかし、とハルトは言葉を続ける。

「元々人間の『魂』とは別世界に存在するエネルギー体であり、肉体という殻から離れた時点で本来の世界……つまり死者たちの住まう霊界に戻る。その彷徨っている魂を喰らうだけなら異界を形成する必要もないということだ」

「つまり、異界っていうのは最終手段みたいなものってことですか？」

「その認識で正しい。異界は人間よりも同じ悪霊に対して目に付くものであり、もしも自分よりも力のある悪霊に目を付けられたら逆に喰われて取り込まれるものだ」

異界の関連が疑われる事件は多々あるが、その被害数は多いとは言えないものだ。

世界的に見れば被害数は五桁を超えているものの、異界の存在が確認された『異界事変』から八年経っていることを考えると、その程度の被害で済んでいるとも言える。

それほど異界が活発に発生していないのは、悪霊同士が食い合うことを避けているのも理由としてあるのだろう。

「本来の悪霊とは自身の姿を夢や幻覚を通して見せて心身を衰弱させる、他者を害するように仕向ける、精神的に追い詰めて自害を促すといった方法で意図的に死者を増やして魂を喰らうものだ。だからこそ、異界を創成した悪霊はその必要に迫られたか――」

一度言葉を切ってから、ハルトは僅かに目を細める。

「――既に相応の力をつけ、異界によって自身の縄張りを誇示する強者ということだ」

その進路を見据えながらハルトは言う。

「異界の規模や周辺で出ている死者数から見ても、今回は後者である可能性が高い。一定の力をつけた悪霊である場合、異界の内部で霊体を生成して実体化すれば消耗が抑えられるため、定期的に死者を作れば済むようになる」

「……あの、そういうのは重要なので先に話してくれませんかね？」

「話す機会が無かっただけだ。それにお前も訊かなかっただろう」

「そういうのは訊かれなくても教えろって意味です」

「そうか」

天理がじとりと睨むと、ハルトは気にした様子もなく目を伏せる。話す機会が無かったとは言うが、この男は三文字でしか返答しないので会話に応じたかも怪しいところだ。

そんな会話を交わしていた時――カリカリと床を擦るような音が響いた。

「ヒヒッ……重要な話だったら、オレを除け者にしねェでくれよ」

甲板の物陰から茶原がのそのそと歩いてくる。

もちろん、人間の姿ではなく犬だ。

「そこにいたんですか、犬」

「不用意に言葉を発するな、犬」

「おいガキ共、せめて犬って呼ぶのはやめろ」

険しい顔を作りながら、茶原が牙を剥き出して唸る。とてもブサイクだ。

しかし、茶原を犬扱いすることにも意味がある。

「あなたの安全を確保するためなんですよ。ただでさえ犯罪者ってことで他の候補生たちから警戒されますし、一緒にいる私たちの立場も悪くなりますからね」

それが茶原に対して犬の姿でいるように命じた理由だ。

茶原が犯罪者であることは多くの人間に知れ渡っており、以前にもそれが原因で他の候補生たちから目を付けられていた。

そんな茶原と行動を共にしているというだけで天理たちの立場も悪くなり、何か不測の事態が起こった際には真っ先に天理たちが疑われることになる。

そして——もう一つ、天理（てんり）にとって茶原（ちゃはら）は重要な役割を持つ。

「茶原さんは私の《霊器》によってブサイクな犬に変えられてしまった哀れな人というわけです。マスコット枠として頑張ってください」

「ケッ……もう魔法少女ごっこをする歳（とし）でもねェだろうに」

「私もこんなブサイク犬がお供だったら魔法のステッキをへし折っていますよ」

茶原に対して軽口を叩（たた）きながら、その真意を悟られないようにする。

天理には《善霊》が存在しておらず、現状では《霊器》の異能を使えない。

この情報が他者に知られたら天理の身に危険が及ぶだけでなく、協力者であるハルトに対しての足枷（あしかせ）になる可能性もある。

おそらく天理が窮地に陥ったらハルトは気にせず天理を見捨てるだろうが、良好な協力関係を続けていく以上は配慮すべきだと考えた結果だ。

そして茶原は自身の《霊器》に関する内容を隠したがっている。

だからこそ天理が持っている《霊器》によって犬の姿に変えられたことにすれば、茶原自身の《霊器》に関する情報を隠すことができる。

そして今は置物でしかない天理の《霊器》も、その事実を他の候補生に周知しておけば取り出すだけで「動物の姿に変えられる」というハッタリが効くようになる。

「それよりもだァ……さっきの内緒話をオレにも早く聞かせてくれや」

「はいはい……ちゃんと話しますから、そこにおすわりして待——」

「待て、誰か来る」

そうハルトが制した直後、遠くから階段を上る音が聞こえてきた。

今回の作戦は異界の規模を鑑みて、二班によって突入する手筈となっている。

そして他の自衛官たちは持ち場についており、周辺の警戒に当たっているため甲板に来ることはないはずだ。

つまり、今この甲板に上がってくるのは候補生ということになるが――

「――お、ここにいたのか穂羽ちゃんッ！」

階段の先から現れたのは、見覚えのある人物だった。

「………中岸さん？」

「ああ、俺だけじゃなくて工藤もいるぜ」

中岸がカラリとした笑みを浮かべた直後……その後を追ってきたのか、階段を上ってきた工藤が息を切らせながら顔を覗かせた。

「はぁ……中岸、ちょっと落ち着けって……ッ！」

「なんだよ、もうへバっちまったのか？」

「こっちは船酔いでしんどいんだよ……ッ！」

「だからって『酔い止めを探してくる』とか言って急に消えちまうことないだろ。もしかして気まずいとか思ってんのか？」

「別にそういうわけじゃないけどさ……」

そんな以前と変わらないようなやり取りを二人が交わす。

そんな二人に対して、天理は作り笑いを浮かべた。

「まさか、お二人が来ているとは思いませんでした。音沙汰が無かったので、てっきり候補生を辞退したのかと思っていました」

「ああ、うん……本当は僕たちもそのつもりだったんだけどね」

「だけど……前と違って今の俺たちには目的ができたからさ」

そう告げてから、中岸は表情を改める。

「俺たちは——古崎さんを生き返らせるために候補生を続けることにした」

そして、中岸は僅かに俯きながら語った。

「殺されかけた穂羽ちゃんからしたら、何言ってんだって思うかもしれないけどさ……だけど、やっぱり古崎さんは俺たちにとって恩人なんだよ」

二人は古崎のことを強く慕っていた。

だからこそ古崎を庇おうとして、天理を殺そうとした件についても真っ先に否定して、その死に対して涙を流していた。

「俺たちの知っている古崎さんは誰かを殺すような人じゃねえんだよ。バカで調子に乗っていた俺を真剣に怒ってくれたり、鈍くさくて同期にリンチされてた工藤のことを庇って罰を引き受けたり……本当に良い人だったんだ」

そんな古崎の姿を天理は知らない。

しかし、その姿を知らないからこそ二人の言葉や想いを否定できない。

「だから……俺たちは候補生を続けるよ」

中岸の表情には、確固たる決意と意志が垣間見える。

だからこそ、天理は静かに頷いた。

「そうですか。そう二人が決めたのなら、私からは何も言うことはありませんので」

「いや待ったッ！　そんな敵対宣言みたいなつもりで来たわけじゃなくてさッ⁉」

「……どういうことですか？」

「まぁ……簡単に言うと僕たちは別の班に移ることにしたんだよ。なにせ僕たちの班には信用できない人間が二人もいたし、いつ後ろから刺されても不思議じゃないからね」

そう語りながら、工藤はハルトに対して鋭い視線を向ける。

「だから、穂羽さんを僕たちの班に誘おうと思って探していたんだ」

「僕たちの班って――」

天理が思わず尋ね返した時――甲板の向こうから複数の足音が聞こえてきた。

それも一つや二つではない、少なくとも十数人以上のものだ。

そして――

「――ほぉ、そこのお嬢ちゃんが二人の探し人ってやつかね」

歩いてきた集団の先頭に立つ男が、口角を吊り上げながら軽く手を挙げる。

派手な法衣を身に纏った禿頭の男。

目元はサングラスによって隠れているが、その頬や額には深い皺が刻まれており、少なくとも老齢と言える程度の年齢だろう。

しかし、その肉体は背後にいる他の候補生たちの姿が隠れるほど大きく、遠目から見てもハルトより頭一つほど高い。腕や脚に至っては天理の胴体と変わらないほどの太さだ。

そんな巨僧の姿を見て、ハルトは鋭い眼光を向ける。

「………『赤兼銅算』か」

「なんじゃお前さん、わしのことを知っとるんか」

「ああ。御霊信仰を基にした教義を掲げた新興宗教を設立し、『異界事変』の騒動に乗じて信者を増やしていった『星蓮教』とやらの教祖だろう」

「なっはっはッ！　確かに間違っちゃおらんが、わざわざ人聞きの悪い言い方をするあたり根性の曲がりくねった小僧だのうッ!!」

そう豪快に笑ってから、銅算は目尻に深い皺を刻みながらハルトに視線を向ける。

「だが……わしもお前さんについては聞いておるぞ。そこにいる中岸と工藤の恩人を無残に殺し、他の候補生たちに危害を加える発言をした危険な男とな」

そう告げてから——銅算は手にしていた杖をガァンッと甲板に打ち付ける。

銅算の巨体に見合う十字型の杖。

その十字杖の中央に嵌められた渾天儀。

「うちの教義は非業の死を遂げて怨霊となる者が生まれないように、全員仲良く手を取りあってハッピーに生きるってもんだが……それを脅かそうとする『敵』には、全員一丸となって制裁を加えろっていうもんでもある」

不敵な笑みを浮かべながら、対峙するようにハルトと向き合う。

「さて――お前さんはどちらなのか聞かせてくれや」

低く、唸るような声音と共に銅算が殺気を漲らせる。

しかし、その様子を見ながらもハルトは答えない。

数瞬、睨み合う二人の間に沈黙が流れた時――

「――あー、お話し中にすみません」

剣呑な空気を取り払うように、天理がぴしりと手を挙げた。

それを見て、銅算が怪訝そうに顔をしかめる。

「なんじゃいお嬢ちゃん、今のわしはバトルモードなもんでの」

「意外とハイカラなことを言うおじいさんですね」

「今時ハイカラなんて言葉はジジイでも使わんぞ」

「それはすみません。年齢に合わせて言葉を選んだつもりでしたが、違っていたなら普段通りの言葉遣いで大丈夫ですかね」

銅算を見上げながら、天理は言葉を続ける。

「この人が古崎さんを殺したのは、殺されかけていた私を助けるためという正当な理由があります。その事実について二人から聞いているんですか？」

「聞いておるとも。しかし……だからといって他の候補生に対して危害を加えるという発言について見過ごせるというものではなかろうて」

「その発言に『他の候補生を助ける』という意図があったとしてもですか？」

その言葉を聞いて、銅算が僅かに眉を動かした。

それを天理は見逃さない。

「発言そのものには問題があったとしても、その根幹に他の候補生を危険に晒さないためという意図があったとしたら、そちらの教義とやらにも反しませんよね？」

「ほぉ……その意図とは、第三者のわしが聞いて納得できるものかね？」

「いいえ。それを問い質した際に彼はどちらとも言えない答えを返しました。ですから先ほど話した彼の意図についても、大半が私の推測によるものです」

「ならば、危険な芽は先んじて摘み取るべきだと思わんかね？」

「しかし『疑わしきは罰せず』という言葉もあります。そちらの教義は敵か味方か精査することなく、疑わしいという理由だけで私刑を行う野蛮なカルトなんですか？」

「なっはっは！　なるほど、なかなか威勢のいいお嬢ちゃんだッ!!」

大声で笑いながら銅算は答える。

見た目についてはともかく、銅算は新興宗教の教祖という立場にある。

その『仲良く手を取りあう』という教義を誰よりも重んじる立場だと考えれば、ハルトが他の候補生を守るためにした発言について精査しなければ『敵』と断定できない。

「一応こちらとしては推論を語れますけど、聞いてみますか？」

「別に構わんさ。実際にそちらの班の人間は大半が候補生を辞退したと聞いておる。その理由が小僧の発言であるなら、結果的には守ったことにはなるだろうて」

天理は最初から、銅算は牽制のつもりだと読んでいた。

教祖という立場、そして見たところ他の候補生たちをまとめているという立場上、仲間を危険に晒すような人間を野放しにするわけにはいかない。

だからこそ中岸と工藤の話を聞いた上で、そこから自分なりの考えを導き出し、自身の目でハルトという人間を見極めようとしたのだろう。

「よかったのう、小僧。お嬢ちゃんに庇ってもらえて」

「その女が勝手に出てきてベラベラと話しただけだ。俺には関係ない」

「カッカッ……照れ隠しではなく本心だろうが、少なくともお前さんは誰かに庇われるような人間ということでもある。だから今はお嬢ちゃんの言葉を信じよう」

だが、と銅算は言葉を続ける。

「――うちの者たちに手を出したら、わしが直々にお前さんを潰してやる」

そうハルトに釘を刺したところで、銅算は再び天理に向き直った。

「さてお嬢ちゃん、わしからも一つ話があるんで聞いてもらえるかの」

「はい。こちらも話を聞いてもらったのでどうぞ」

「率直に言う。わしの班に入る気はないかね？」

「……嫌って言ったらどうなりますかね？」

「別にどうもせんよ。わしはただ目的を果たすための同志を募っているのでな」

銅算の表情を眺めながら、天理はその背後にいる候補生たちを見る。

その数は……おそらく三十人といったところだろう。

最初に編成された候補生たちの班は十人体制だったため、三倍近くの人数が銅算に与しているということになる。

「おぬしらの班で起こった出来事は聞いておる。候補生同士の争いは他班でも確認されており、ここに集まった者たちは自身の班に不信感を抱いた者たちじゃ」

古崎の死体やハルトの行いを見て、天理たちの班は三名が候補生を辞退した。

しかし……天理のように確固たる目的がある者、茶原のように第三者の意図によって動いている者たちは辞退するわけにはいかない。

だからこそ、銅算はそういった者たちに目を付けて自身の班に引き入れたのだろう。

「ですが……悪霊狩りの功績を手にして、新たな偉人になれるのは一人のはずです。現状では人数による優位を確保できても、いずれその座を巡って内部から瓦解しますよ」

功績を得て新たな偉人となり、人間の生死すら司るほど強力な《霊器》を手にできるのは一人だけだと天理は考えている。

そして他の候補生たちのバックに誰がついているかも分からず、各々の思惑で動く可能性がある候補生たちを多く抱えるのは賢明であるとは言えない。

たとえ人数による優位や他の候補生に対する牽制などが行えたとしても、後に生まれる問題を考えれば敬遠すべきことだ。

「まさか、最後に残った自分たちでデスゲームをするとか言いませんよね？」

「なっはっはっ！　聡いお嬢ちゃんなら、ある程度の見当は付けておろうよ？」

天理の反応を探るように、銅算が笑みを浮かべながら言う。

特異対策室が最終的な目標として掲げる、壊れた世界を救う方法――


「――わしらは、世界を壊した『王霊』の討伐を最優先に掲げておる」


そう、銅算は不敵な笑みと共に告げた。

「お嬢ちゃんも知っておるだろう。十年前に世界は唐突に壊れ、生者と死者の境界が曖昧になった。それを為したのは『王霊』と呼ばれていた一体の悪霊が原因だと」

「……ですが、『王霊』の討伐は候補生を選抜した上で行う予定のはずですよ」

「確かにそうだとも。しかし、わしはその方法に疑問を抱いておる。現状ではどれほどの悪霊を狩ればいいか分からない。『王霊』を討伐することが新たな偉人に至る条件という可能性もある。それならば先に『王霊』を排除すべきだとは思わんかね？」

悪霊狩りの功績が条件として掲げられているが、その具体的な目標数は分からない。

それまでに『王霊』が現れ、再び世界の構造を変えるほどの力を振るう事態に陥れば、単独で対処することは不可能だろう。

そして——上手い口実であるとも天理は思った。

候補生たちのバックに誰がついていたとして、各々の損益に関わる思惑があったとしても、それらは全て世界が存続していることが前提となるものだ。

それらの目論見は『王霊』が再び現れることで瓦解するものであり、世界の存亡だけでなく自分たちの利益を優先して守るのであれば、候補生たちで徒党を組んで『王霊』を討伐するという案は現実的なものと言えるだろう。

そして人数という圧倒的優位を持つことは、少なくとも『王霊』を倒すまでは候補生自身の安全にも繋がる。

戦力面だけでなく、多人数による《霊器》の検証や応用を行うことによって情報面においても優位を持つことから、悪霊だけでなく候補生への対策も講じやすい。

しかも、それらの情報を共有することが仲間内での牽制にも繋がり、互いの手札を理解しているからこそ安易な裏切りをすれば即座に粛清されることになる。

そこまで考えた上で、銅算は今の段階で候補生を集めて地盤を固めている。

その手腕は豪快な見た目に似合わない、老獪かつ狡猾なものと言えるだろう。

「わしの目的は一つ、誰もが安心して暮らしていける世界に戻すということなんでの」

「……つまり、純粋な人助けが目的ということですか？」

「おうとも。異界という異常事態によって不幸な人間が生まれないように世界を戻すのが目的であり……逆に言えば、それ以外についてはどうでもいいわい」

他の候補生を統率して管理する立場を担いながらも、その見返りを一切求めない。

それは利益を求める側の人間にとっては都合が良い人間であり……それを理解した上で銅算はそのような立場を選んでいる。

「そんなわけで、お嬢ちゃんの答えを聞かせてもらえるかの」

「遠慮します」

「……ほう、即答されるとは思わなんだ」

「私は『王霊』の討伐に興味がありません。そして私は他の候補生に殺されかけた身ですし、不特定多数の人間がいる集団は信用できないので所属したくありません」

「なっはっはっ！　ハッキリ言うお嬢ちゃんだのうッ！」

「宗教勧誘は曖昧な返事をすると面倒ですからね」

「あい分かったッ！　それなら縁が無かったとして諦めるとしようッ!!」

上機嫌に笑いながら、銅算は背を向けて踵(きびす)を返した。

銅算が他の候補生たちを引き連れて去っていくと……中岸(なかぎし)が静かに振り返りながら天理に向かって言葉を掛けてきた。

「……穂羽(ほばね)ちゃん、本当に来ないのか？」

「はい。やっぱり信用できませんからね」

「それは……俺と工藤がいるからってことか？」

「それも要因の一つとは言っておきます」

そう、天理は包み隠すことなく中岸に向かって告げる。

「あの時、もしも古崎さんを殺したのが私だったら中岸さんはどうしていましたか？」

「そんなこと穂羽ちゃんがするわけ――」

「いいえ、私は明確に古崎さんを殺すつもりでいましたよ。結果的にハルトさんが最後に手を下したというだけで、私もあなたの恩人を殺そうとしていた人間の一人です」

危害を加えようとしてきた以上、古崎を放置しておくわけにはいかない。

そして古崎は『姿を消す』という特性の異能を持っていたため、姿が見えていて確実に仕留められる状況を逃すつもりはなかった。

「先ほどの発言で『私を殺す』と言えなかった時点で、中岸さんは他者を信じすぎる傾向があると私は判断しました。それは平時なら美徳ですが……人間は極限状態に陥った時、生き残るためにどこまでも卑劣で残酷なことができることを私は知っています」

母に手を引かれながら、生き残るために他者を犠牲にする人々をたくさん見た。

それに近しいことを天理たちも行って生き抜いてきた。

「――あなたは、古崎さんが他者を傷つけようとした時に殺せますか？」

その問いかけに対して、中岸は何も答えなかった。

そして答えられなかったということは、また似たような状況に陥れば天理の身に危険が及ぶということでもある。

「私からの話は以上です、それでは失礼します」

踵を返してハルトたちの下に戻る中、中岸が背を向けて立ち去る姿が横目に映る。

「行かなくてよかったのか」

「先ほども言いましたが、不特定対数の人間がいると信用できませんからね。それなら利害関係で保たれているハルトさんたちと同じ班の方がやりやすくて安全です」

少なくとも、ハルトは利用価値がある限り天理を裏切らない。

茶原も『生き残ること』が目的であり、天理がいることで《霊器》の隠蔽や劣悪だった立場を改善できた以上、よほどのことが無ければ自ら棒に振るようなことはしない。

殺し屋と凶悪犯という他者にとっては危険な人間であろうと、今の天理にとっては下手な善人よりも信用できるということだ。

「ま、二人から切り捨てられない程度には私も頑張るってことです」

「それなら今すぐ役に立ってもらうとしよう」

静かに顔を上げてから、ハルトは銅算たちが去っていった方向に視線を向ける。

「穂羽天理、先ほどいた候補生たちの数は覚えているか」

「……見た限りだと、三十四人ですかね？」

「それはどうやって数えたものだ」

「足です。意図的に隠れようとしていなければ他人の背後にピッタリくっつくことはありませんし、足元なら背が低い方でも見えるので確実に人数を数えられます」

「それでは茶原頼隆、残留している匂いによって人数が合っているか調べろ」

「はァ？　なんでオレがそんなことしなきゃいけねェんだよ？」

「仮にも《霊器》を使った異能だからだ。本来の犬より能力で劣ることもないだろう」

「ケッ……仕方ねェな、それなら正解したらご褒美に骨のガムでも寄こしてくれや」

茶原が気だるそうに立ち上がり、候補生たちがいた場所をスンスンと嗅ぎ始める。

「くへァ……嬢ちゃんの言う通り、三十四人で間違いねェな」

「人間性はクズでも犬として見たら超優秀ですね」

「このクソ嬢ちゃんは毎回オレを煽らないと気が済まねェのか……!?」

茶原が苛立ち交じりにバウバウ吠えていると、その返答を聞いたハルトが眉をひそめた。

「それならば、一人足りないことになる」

「……………足りない？」

「赤兼銅算の一派を見て、俺は気配から『三十五人』だと感じ取った。しかし視覚で数えていた穂羽天理、そして嗅覚で精査した茶原頼隆の方が正確な人数だと言える」

「ハンッ……それなら兄ちゃんが数え間違ったってだけの話だろォがよ」

「そうだな」

そう短く返してから、監視を行っている自衛官に向かって行った。

「職務中に失礼する。揚陸艇の準備は既に整っているだろうか」

「はッ！　艦内後部にて出立用意が完了しておりますッ！」

「俺たちは今から出立する。その旨を艦橋に伝えてくれ」

「了解しましたッ！」

敬礼をしてから、背の高い自衛官が無線で艦橋に連絡を入れる。

「行くぞ。俺たちの班は先に出て島に上陸する」

「ええと……私たちが先行して上陸して、輸送艦の安全を確保するんでしたっけ？」

「そうだ。今回の作戦に参加しているのは俺たちと赤兼銅算一派の班であり、人数の少ない俺たちの班が先行部隊として適していると進言しておいた」

「……それって、何かあっても私たち三人で被害が収まるからですよね？」

「そういうことだ」

「ちなみに途中で悪霊に襲われたらどうなりますかね？」

「島に向かって全力で泳げ」

「ははは、このバカ野郎ふざけたこと言ってやがりますよ……ッ！」

「諦めなァ嬢ちゃん……それでも無力なオレたちは兄ちゃんを頼るしかねェんだ……」

茶原が憐(あわ)れむようにポンと前脚を置いてくる。茶原も色々と諦めたようだ。

「安心しろ、島には確実に辿(たど)り着いてやる。揚陸艇の操舵(そうだ)経験は一通りあるので、たとえ道中で襲われたとしても逃げ切れるはずだ」

「せめて『はず』じゃなくて逃げ切れるって断言してもらえませんかね……」

「このちっぽけな船がオレたちのタイタニック号にならねェといいなァ……」

そうして一人と一匹で肩を落としながら、天理はとりあえず無事に到着できるようにと心の中で祈りながら揚陸艇に乗り込んでいった。

◇

結果的に言えば、島までの道中は天理の杞憂に終わった。

無骨な揚陸艇の窓から見える蒼い海原は穏やかなもので、得体の知れない怪物の姿もなければ海が紫色に染まって沸騰しているということもない。

それこそ揚陸艇に乗って海を疾走するなど、普段であれば貴重な経験として捉えることができただろう。

その中で誤算があったとしたら――

「――ぁうぇぇぇぇ……っ」

ふらふらと砂浜に降り立った瞬間、天理は膝をついて吐いていた。

女子としての尊厳と一緒に全力で胃の中身をブチ撒けていた。

「天理ちゃん、大丈夫?」

「ぜんでんッ、だいじょうぶらッ、ないでず……ッ!!」

リシアがぽんぽんと背中を叩いてくれるが、胃の中身が完全にひっくり返っていた。

そんな天理の様子を見て、ハルトが呆れたように視線を向ける。

「あまり吐きすぎるな。体力と水分を消耗することになる」

「ずびばぜん……まさかここまで乗り心地が最悪とは思っていなくて……ッ」

縦や横に揺れる船とは違い、上下に振動するという独特な感覚が続いたせいか、完全に三半規管がバグってしまっていた。

しかも襲撃を受けても逃げ切れるように考慮したのか、常に最大船速での航行、そして上陸の方法は砂浜に向かって突っ込むようにドリフトするという曲芸みたいなことをされたら誰だって吐くに決まっている。

「ヒヒッ……ここまで豪快に吐く女ってェのも珍しいもんだぜ」

「うるさいですね……というか、なんで茶原さんは平気なんですか」

「オレァ逃げるためなら何でもする男だぜェ？　走るトラックの下にへばりついたこともあればァ、狭いコンテナの中に隠れたせいで全身をシェイクされまくったこともある。それと比べたらこれくらい屁でもねェよ」

「そういえば茶原さんも普通とは縁遠い人でしたね……」

「そんなことよりも、嬢ちゃんはゲーゲー吐いてないで頭を回してくれや」

そう言って、茶原は前方を睨みながら牙を剥き出す。

「今から――この意味分かんねェ島に入るんだからよ」


そこには――『水』が広がっていた。

陽光を浴びて輝いているガラス細工のような木。

潮風によって僅かに揺れている透き通った岩。

地面の所々に見える、ぽっかりと穴が空いたような巨大な水溜まり。

『水』によって侵蝕された島。

「ケッ……異界を放置して観光名所にした方が儲かりそうなァ見た目だぜ」

「確かに異様ですけど、他の異界と比べて見た目は綺麗でまともですかね」

口をゆすいでから、天理は島を眺めるように観察する。

物体が『水』に変質しているのは一部で、緑色の木々の合間に紛れるような形で透明な木が所々に立っている。

それは岩や地面についても同様で、透明な岩の上に灰褐色の岩が積まれており、見慣れた土の地面の合間に巨大な水溜まりがあるような状態だ。

「ハルトさんから見て、この状況はどんな感じに見えます？」

「俺の考えを述べるなら『罠』だ」

「なるほど。こちらと意見が合致したので安心しました」

「……あァ？　どうしてこれだけで罠だって言えんだよ？」

茶原が犬の顔面を歪めながら首を傾げたので、天理は淡々と補足を加える。

「ハルトさんの推測によれば、この島に巣食っている悪霊は相当な力を持っています。そんな悪霊が恐れる事態とはなんだと思います？」

「そりゃァ……オレたち候補生や、他の悪霊に喰われることじゃねェのか？」

「いいえ。そもそも悪霊にとって《善霊》や候補生といった存在はイレギュラーですし、島を丸ごと覆うほどの異界を創る悪霊なら他の悪霊を脅威とは認識しないと思います」

そこまで語ってから、天理は眼前に見える林を指さす。

「茶原さん、目の前の林を進むとしたら、どこが一番安全ですか？」

「そんなもん普通の地面とか木に決まってんだろォがよ」

「普通なら間違いなくそう答えます。ですが――それは悪霊も同じということです」

見た目こそ悍ましい異形だが、悪霊は人間と同程度の思考力を持っている。

それを聞いて茶原も察したのか、口端を器用に吊り上げる。

「つまりィ……そう考えて進もうとしたら、何かが起こる仕掛けってェわけだ」

「そういうことです。力のある悪霊にとって避けたいのは『餌が逃げること』であり、漂着した人間が安全な場所を求めて進むように普通の場所を残しているわけですね」

そこまで答えてから、天理は目を細めながら林の中を注視する。

「そして悪霊に人間的な思考がある以上……その『意図』を読み取ることは可能です」

落ちていた枝を拾い、天理はガリガリと地面に文字を書いていく。

「ささて……視界に見える範囲だと一番多いのは木、次に多いのが岩、一番少ないのが地面にある大きな水溜まり。他の物は『水』に変わっていない。つまり三者には何らかの役割があると考えられる。変質している木は他と比べて少し背が高い。岩の形状に統一性はなく、しかし大きさは同程度の物が選ばれている。水化した木の配置はバラつきがあるようで、間隔が一定であるという法則が見られる。それなら岩についても法則があると考えると……こちらも木と同じように一定の間隔で配置されている、と」

『水』と化した物体たちを地面に書き出し、悪霊の思考を読み解いていく。

「――なるほど」

そして一つの答えを出してから、天理はパキンと枝を折った。

「ハルトさん、今すぐ悪霊が飛び出してきても対処できますか?」

「可能だ」

「それじゃ――後のことはお願いしますねッ!!」

勢いよく振りかぶり、木の枝を林の中に放り入れる。

その枝が地面に落ち、軽い音を立てた時――

地面にあった巨大な水溜まりが蠢いた。

地面から這い出るように『水』が膨らんでいく。

その水が腐肉のような悍ましい色合いへと変わり、確固たる姿を形成していく。

それは……巨大な『腕』だった。

毒々しい色をした、馬ほどの大きさの腕。

その腕は腐肉から湧き出た蛆のように水溜まりを這い出ると、ぶちゃりと気色の悪い音を立てながら地面に降り立つ。

しかし、その付け根の先に胴体はない。

その先にあるのはイソギンチャクのように広がった触手であり、その全てが歪な形をしていることから、腐敗して水気を含んだ人間の腕であることが見て分かった。

そして、生まれ落ちた水腕が頭をもたげるように手を開く。

その瞬間――手の平にあった金色の眼球が、天理たちの姿を捉えた。

「さぁやっちゃってくださいッ！　日頃からでかい態度を取っているんですから、あんな見るからに雑魚っぽい奴なんかサクッと瞬殺してくださいねッ!?」

「いいから黙っていろ。ここぞという時だけ饒舌になるな」

ハルトを盾にして退避する天理に対して、小さく溜息をついてから――

「この程度なら――十秒で片を付けてやる」

手の中に歪剣を生み出した直後、ハルトは水腕に向かって跳躍した。

そんなハルトの動きを見て、水腕の指先が襲撃者を捕らえようと鋭利に伸びる。

その指先は本来、跳躍して宙にいるハルトの身体を確実に貫くはずだった。

だが――それと同時に、ハルトが虚空を蹴り上げた。

不可視の床を蹴り上げたようにハルトの体勢が変わった。

そして指先の刺突を紙一重で避けつつ、加速を得て接近していく。

「お前の目には怯えがない」

水腕の手に浮かんでいる金色の眼球を見据えながら言う。

「その目には『自負』に近い感情がある。たとえ相手に斬り伏せられようと、自分の役目は果たすことができるというものだ」

物言わぬ異形の瞳から感情を読み取り、その思考の意図を探り当てる。

「つまり――触れずに殺せば、お前の意図からは外れる」

空中で身体を捻らせ、不安定な姿勢のまま着地する。

そして……ゴキリと骨を鳴らしたような音を響かせた。

掌底を構え、後ろに大きく引かれた左腕。

身体を深く沈ませ、衝撃に備えるように両脚へと力を込める。

その構えていた左腕を前方に向かって押し放った瞬間――

「――――《牙掌》」

毒色の水塊が、勢いよく後方に爆ぜ飛んだ。

丸々とした毒々しい色合いの巨体が跡形もなく飛散し、まるで血飛沫のように周囲へと広がって原形を失う。

ハルトの放った一撃によって周囲の木々は薙ぎ倒されており、その破壊の軌跡を辿るようにして地面が抉れている。

「相手が悪かったな」

突き出したハルトの左手に握られている眼球。

「俺は——お前たちを殺すことに慣れている」

その眼球を放り投げ、ハルトは歪剣を静かに振り抜いた。

為す術なく眼球が両断され、空気の中へ溶けるように消えていく。

「宣告通りに対処した。これで満足したか、穂羽天理」

顔色一つ変えることなく、ハルトが振り返る。

そんなハルトに対して、天理は大きく息を吸ってから——

「なんかバトル漫画の必殺技みたいなことしてた……っ!!」

「第一声がそれか」

「もしかして私が知らないだけで、殺し屋って必殺技とか使えるんですかっ!?」

「……今のは《霊器》と近しい原理だ。霊体の一部を《霊器》としてではなく、質量のある存在として具現化して体術に乗せるといった応用だ。それを用いれば空中に足場を生み出すこともできるし、常人ではあり得ない威力の打撃などに昇華できる」

「へぇーっ！　なにそれすごいですねっ!!」

「それよりもお前の異様な食いつきはなんだ」

「私の中にあるほんのりとした少年心が疼いた感じですかねっ!!」

保護者だった片桐がバトル系の少年漫画や格闘漫画を好んで読んでいた影響で、特殊な体術や必殺技といったものは天理としては馴染み深いものなのだ。

今でこそ《善霊》やら《霊器》といった非現実的なものが現実に存在しているとはいえ、創作物でしか見られないような技を実際に見たらテンションだって上がってしまう。

「なんか呟いてましたけど、あれって技名とかですかっ!?」

「……霊体の形状を引き出して、そのイメージを固めるために必要な手順だ」

「他には何かできないんですかっ！　こう斬撃をズバーッて飛ばしたりとかっ！」

「…………できるが」

「できるんですかっ!?」

「お前がどのような想像をしているのかは知らないが、斬撃を霊体で飛ばせば可能だ」

「それじゃ今度見せてくださいっ!!　できれば派手でカッコイイやつをお願いします!!」

「…………そうか」

興奮で語彙力を失った天理が面倒だと判断したのか、ハルトはたっぷりと間を置いてから短い言葉を返してきた。なんだか普段よりも視線が冷ややかな気がする。

そうして天理が一人で盛り上がっていると、茶原がクックツと喉を鳴らす。

「さすが悪霊専門の殺し屋ってェところだなァ。オレたち候補生は《霊器》の扱い方しか分からねェってのに、兄ちゃんはそれ以上のことまで知ってやがる」

「当然だ。俺たちは古くから悪霊やその影響を受けた者たちを殺害対象としてきている。その歴史はお前たちが思っている以上に長いものだ」

手にしていた《霊器》を軽く振るってから、ハルトは静かに頷（うなず）いた。

「異界の創成という行動が目立ってきただけで、存在そのものは聖書や紀元前の碑文にも記される存在であり、古くから多くの生者に憑（と）りついて危害を加えている。それこそ誰もが知る歴史上の事件であったり、田舎町の噂（うわさ）といった形でな」

そう語ったところで、ハルトは天理に向き直った。

「それより穂羽（ほばね）天理、お前は最終的に何を調べようとしていたんだ」

「ええと……水化している木と岩については見当が付いていたんですけど、最終的に水溜（みずた）まりが何を起こすか分からなかったので確証を得たかったんです」

そう答えてから、天理は半分に折った枝で水化した物質を指し示す。

「水に変わっている木と岩は悪霊にとっての『目』の役割を担っているんです。木は空気の流れといった変化を読み取り、岩が振動を読み取って獲物の場所を把握します」

だからこそ、その二つは一定の間隔で点在していた。

自身が縄張りとしている広い島内を正確に把握し、自身の糧となる獲物を確実に葬ることができるように、『空気』と『振動』を読み取る検知器の役割を持たせていた。

「ですが、『水溜まり』は数が少なかったので正確な役割が読み取れませんでした。結果としては獲物を捕食する分体を出す装置といったところですかね」

おおよその見当は付けていたが、確証が無いまま動けば何が起こるか分からない。

そして——それをハルトが倒したことで、新たな情報を得られるようになった。

「茶原さん、自慢の鼻で水の匂いを嗅いでもらえますか」

「くへェ……化け物がいた水なんざ嗅ぎたくねェってのによォ……」

文句を言いながらも、茶原が水溜まりに頭を突っ込んで鼻を鳴らす。

「……特に変な匂いはしねェぞ？」

「ふむふむ。それなら海水ではなく真水と考えて良いでしょう」

そこで……天理は持っていた木の枝を水溜まりに放り入れた。

そのまま枝は水の中に沈んでいき——透明な穴の中を下っていく。

その様子をしっかりと見届けてから、天理は大きく頷いた。

「分体が捕食するということは、この水溜まりは捕らえた獲物を本体に届ける通り道でもあるはずです。その証拠に本来なら浮かぶはずの枝は沈んでいきました。つまり——悪霊の本体は真水が大量にある場所ということになります」

そう結論付けてから、天理は服についた土埃を軽く払った。

「資料によると島の山麓付近に小さな湖がありましたし、そこが外れても島という立地的に川の数は限られるので見つけるのは容易でしょう」

不敵な笑みを浮かべながら、天理は堂々と告げる。

「これで――異界の攻略は完了です」

そんな天理の姿を見て、ハルトが珍しく口元に笑みを作りながら頷いた。

「なるほど。協力者としては十二分の働きと言っていい」

「ふふん、もっと褒めてくれて構いませんよ？」

「称賛は悪霊を狩った後に贈ってやる。他に留意すべき点などはあるか」

「強いて言うなら木と岩の範囲が重ならない場所を歩くことですかね。ですが、範囲を完全に把握するためには試行回数が必要なんですよ」

そう言って、天理はとびきりの笑顔でハルトの肩をポンと叩く。

「ということで、残り五体くらい倒してもらえますかね？」

「…………いいだろう」

「いやぁ安全に調べることができて助かりますねー。以前はちょっとしたことを調べるだけでも命懸けだったので、強い人がいると捗りますよ」

「ヒヒッ……本当にイイ性格した嬢ちゃんだなァ」

「あ、ついでにさっき言った斬撃を飛ばすやつとか見せてください」

「俺を見世物扱いするな。芸が見たいならそこの犬にでもやらせておけ」

「別に構わねェぜ？　お手でもお座りでもチンチンでもしてやらァ」

「最後のやつを披露したら股間を全力で蹴飛ばしますからね」

そんな会話を交わしつつ、天理たちは島の奥へと進んで行く。

なんとも不揃いな三人だが、意外と相性は悪くなさそうだった。

◇

島に到着してから一時間。

何度か襲撃を受けながらも、その対処をハルトに任せて進み続け――

「――ここで休憩を取る。俺が周囲を警戒しておくので休んでいろ」

目的地の湖が近づいたところで、ハルトが振り返りながら告げた。

「うはぁ……だいぶハイペースで進んできましたね……」

「くへァ……そのせいで、かなり体力を使ったけどなァ……」

道中で何度かハルトに分体を倒してもらったことで、水化した木と岩の正確な範囲まで絞り込めたこともあり、襲撃自体は最小限に留めて進むことができた。

しかし『目に見えない検知範囲を避けながら移動する』ことに神経を使ったこと、そして一歩間違えば襲撃を受けるという緊張感に晒されていたせいもあってか、想定よりも体力を消耗した節がある。だからこそハルトも休憩を提案したのだろう。

「時間に猶予があるとはいえ、既に赤兼銅算たちも島に上陸して異界の探索を開始しているはずだ。十分以内に体力を回復させて湖に向かうぞ」

銅算たちは先行した天理たちの三十分後に上陸する手筈となっている。

人数が多いので上陸後の準備などで多少時間は掛かるだろうが、既に島の中に進入して探索を行っている頃合いと見ていい。

天理が異界の仕組みを読み解いて最短ルートで進むことができたので、今すぐ銅算たちが追いついてくるということはないだろうが、悠長に休んでいるだけの時間はない。

「せめて私か茶原さんが少しでも戦えたら、ハルトさんに『ここは任せて先に行け』とかカッコイイこと言えたんですけどねぇ……」

「やめろや嬢ちゃん……そいつァ今のオレたちには死亡フラグだぜェ……」

本来は安全な場所で待機したいが、異界に『安全』だと断言できる場所は存在しない。

悪霊は人間と同程度の思考力を持っていることから、状況に応じて行動を変化させて人間たちに襲い掛かってくる。

今は悪霊の『目』である木と岩の範囲内に入ることで分体が現れるようになっているが、天理たちを明確な脅威と判断したら水溜まりから一斉に分体が出てくる可能性もある。

銅算たちのように複数人の候補生がいれば『安全』と言える場所を確立することはできるが、それができない天理たちはハルトに同行するしかない。

それに天理が周囲の変化に気を配っておけば、悪霊の行動パターンが変わった際にすぐさま報告してハルトに対処を任せることができる。

多少危険が伴おうと、目的地まで同行する方が天理たちにとって安全ということだ。

そうして身体を休めていると、リシアがぱたぱたと駆け寄ってくる。

「はい天理ちゃんっ！　お水とクッキーあげるっ！」

「ありがとうございます……疲れた体に甘い物は助かりますよ……」

「甘い物だったらパンケーキもあるよ？」

「……パンケーキですか？」

「うんっ！　途中で食べようと思ってたんだっ！」

「こんな島でもパンケーキって、本当に好きなんですねぇ……」

「うん、ボクはパンケーキが大好きだからねっ！」

リシアは普段通りの華やいだ笑みを浮かべる。

その笑顔に何か違和感を覚えながらも……天理は差し出されたパンケーキをぱくりと頬張った。口の中でしっかり味わうと、甘味によって緊張や疲労が抜けていく気分になる。

「茶原さんもクッキー食べます？　今のうちに何か入れておいた方がいいですよ」

「まさか犬用のクッキーとかじゃねェだろうな？」

「いやいや、貰い物のクッキーに対してその言い草はないでしょう？　そもそも私が受け取った物なんですから、ちゃんと人が食べられるものに決まっているでしょう」

「ヒヒッ、それなら安心して食えるってなァもんだ」

じとりと睨みながらクッキーを放ると、茶原が器用に口でキャッチする。いよいよ犬としての動きが板についてきた感じだ。

「少しいいか、穂羽天理」

そんなことを考えていた時、不意にハルトが声を掛けてきた。

「ここまではお前の推測通りに進んでいる。後半に至っては襲撃を完全に回避できていることから、悪霊側の行動に変化も起きていないだろう」

ここまでの行程は大きな危険も不測の事態もなく、順調に進むことができている。

だからこそ、天理もその言葉の意味を理解した。

「つまり、『何も起きていない』のが不自然ということですか？」

「そうだ。向こうは俺たちの動きや位置を完全に把握できていないとはいえ、いまだに『捕食できていない者たち』がいること、その者たちが本体に向かっていることは理解しているはずだ。それでも向こうは動きを変えようとしていない」

検知器の役割を持つ水化した木や岩を避けてはいるが、それによって生まれる僅かな空気の流れや振動まで消えているわけではない。

悪霊は不完全ながら位置や動きを把握しているはずであり、そんな天理たちが本体に向かっていると理解したら、何かしら対策を打とうと考えても不思議ではない。

それを悪霊が行わない理由について、天理はいくつかの仮説を立てる。

「一つは私たちのことを『脅威と認識していない』ということでしょうか。少なくとも人数については割れていますし、たかが人間二人と一匹なら脅威とはなりません」

なにせ向こうは島のほとんどを異界化させるほどの悪霊だ。

そんな存在が今さら二人と一匹を明確な脅威と判断するとは考えにくい。

「二つ目は私が推測した本体の位置が間違っている可能性です」

そもそも目的地が違うのであれば、そこに向かっている天理たちを迷い込んでいると判断し、疲弊したところを捕食しようと考えれば対処は後回しになるだろう。

そして、対処を後回しにしていると考えるのであれば——

「——三つ目は、私たち以上の脅威が島にいるということです」

天理たちが島に上陸してから一時間が経過しており、予定通りであれば既に銅算の率いる三十人超の候補生たちが上陸してきている。

天理たちは異界の仕組みを解き明かすことで最短ルートを進んできたが、多様な異能を有している集団であれば異界の仕組みを無視して進める戦力だけでなく、この島の悪霊に対して特効を持つ候補生がいても不思議ではない。

だからこそ、そちらの対処に注力しているという可能性もある。

「いずれにせよ、早く目的地に辿り着いて二つ目の可能性を潰したいところですね」

「同意見だ。悪霊が赤兼銅算たちに注意を向けているなら、向こうも悪霊の対処に追われることになる。その機会を逃す手はないだろう」

「そうですね。あのパワフルなおじいさんなら大丈夫そうですし、人数が多ければ簡単に死人も出ないと思うので、存分に囮となってもらいましょう」

「お前は妙なところで潔いな」

「そりゃ私だって誰かが目の前で死にそうなら助けようとか言いますけど、戦力的に考えれば私たちの方が圧倒的に危険ですからね。そこは自分の命が優先です」

自分を犠牲にしてまで誰かを助けるという高潔な精神など持ち合わせていないし、それができると思うほど自惚れてもいない。

「さて出発しましょう。体力も回復しましたし、このまま湖に——」

「いや……少し待て」

ハルトが制した瞬間、茶原もぴくりと耳を動かす。

「おい兄ちゃん……オレの耳がイカれてねェなら、妙な音が聞こえた気がするぜ」

「音だけではない。僅かだが地面から震動を感じた」

ハルトが歪剣を抜き、茶原が牙を剥きながら周囲の気配を探る。

そして——

離れた位置から、巨大な水柱が上がった。

道中で何度も見てきた、水溜まりから湧き出る毒々しい色の水。

それが一つではなく、いくつも天高く噴出している。

「っ——————!?」

その驚きは当初、悪霊が行動を変えてきたという思考から出たものだった。

しかし……それはすぐに別物へと変わった。

足元から響いてくる震動。

それを感じ取った直後——天理たちに大きな影が差した。

水柱を覆うようにせり上がっていく土壁。

やがて土壁は津波のように水柱を呑み込んでいき、土埃と轟音を立てながら天理たちの視界から消えていく。

「——ようやく見つけたわい」

ゆっくりと、木々の合間から大柄な人間が歩いてくる。

一度見たら決して忘れない巨僧の姿。

「カカッ……いやはや小僧に出し抜かれるとは、わしも耄碌したもんだ」

口元に笑みを浮かべながら、銅算は巨大な十字杖を地面に打ち付ける。

「わしは言ったはずだぞ——小僧」

その目元はサングラスによって隠れている。

それでも、天理はその奥に見える感情を明確に読み取ることができた。

銅算の巨体から放たれている怒気と殺気。

その矛先はハルトに対して向けられている。

「——うちの者たちに手を出したら、わしが直々にお前さんを潰してやるとな」

銅算が静かに告げた直後、その足元に見える地面がせり上がっていく。

主の命に従うように、地面が明確な形を伴っていく。

「――――」

それが銅算の異能であると判断した瞬間、ハルトは後方に大きく飛び退いた。

その動きに合わせて、茶原が天理の襟首を噛んで横に跳躍し――

その直後、土壁が津波のように周囲の木々を押し流していった。

耳を劈く轟音と衝撃。

太い幹がへし折れる音が無数に起こり、破壊をもたらした土塊や岩石たちのぶつかり合う破砕音が周囲に響き渡る。

土煙が濛々と立ち込める中、天理は頭を振って降り注いだ土片を落とす。

「っ……茶原さん超ありがとうございますッ!!」

「くはァッ!!　軽いと思ったら意外と重かったぜェッ!!」

「助けてもらったので今回は文句を言わないでおきますよッ!!」

体勢を立て直し、抉り取られた地面から離れるように天理たちは距離を取る。

そんな天理たちには目もくれず、銅算は一点を見つめ続けていた。

その先には、表情を変えることなく佇んでいるハルトの姿がある。

「カッカッ……防ぎおったか。やはり《霊器》とは厄介なもんだのう」

口端を吊り上げながら、ハルトの手に握られた歪剣を見据える。

「どういうつもりだ、赤兼銅算」

「ほう……うちの者たちを殺しておいてシラを切るか」

その言葉を聞いて、天理は眉を寄せながら声を張り上げる。

「待ってくださいッ！　私たちは上陸してから他の候補生には会っていませんッ！　何か誤解があるのなら話し合いの余地が――」

「ハッ……そりゃあ、おぬしたちが会うことはないだろうて」

天理に視線を向けながらも、その目は憎悪に染まり切っている。


「――おぬしたちが去った後に、補給艦は海に沈んだのだからな」


そう、銅算は怒りで声を震わせながら告げた。

「わしらの《霊器》を使って島に辿り着くことはできた。だが……候補生の四名、そして補給艦に乗り合わせた乗務員の半数は爆破に巻き込まれ海に消えていった……ッ!!」

銅算は犠牲となった者たちの無念を代弁するように言葉を絞り出す。

だからこそ、銅算はハルトのことを追ってきた。

目的のためならば手段を選ばない。

そのためなら候補生や一般人が犠牲になることも厭わない。

そんな方法を躊躇わずに選ぶ冷酷な人間が……偶然にも先に補給艦を出立して被害を免れる形で島に上陸している。

「楽に死ねると思うなよ──小僧」

巨大な十字杖を引き抜き、義憤に満ちた目でハルトを睨みつける。

銅算から見れば、ハルトは限りなく黒に近い。

自分たちの班が先行することを進言したのはハルトであり、ハルトが島に辿り着いた後に補給艦が爆破されたのであれば誰であろうと疑念を向ける。

そして、天理もその可能性を否定することができない。

以前の言動から無益な犠牲を避けようとしていた様子はあっても、補給艦を爆破して銅算たちを殺すのが『必要なこと』であるのならハルトは躊躇わずに実行する。

そして、相手が自身の障害となる『敵』と判断したのであれば──

「────そうか」

短い一言と共に、ハルトは歪剣を静かに構える。

銅算の放つ炎のような殺気とは対照的に、氷刃に似た鋭く冷たい殺気を纏う。

ハルトはいまだに《霊器》を使っていない。

ハルトは飛び退いた後、腕を引いて身体を深く沈ませていた。

それは道中の水腕を爆ぜ散らした時と同じ構えであり、その圧倒的な威力と衝撃によって銅算の放った土壁の波を相殺したのだろう。

つまりハルトは《霊器》を使わずに相手の異能を対処することができて、銅算はそれこそがハルトの持つ《霊器》の力であると読み違えている。

そして、銅算自身も全ての力を使ってはいない。

仮に銅算が窮地に立たされ、《霊器》が持つ力の全てを使えば……古崎の時と同じように、ハルトは『殺す以外の選択肢』が無くなって銅算を容赦なく殺すだろう。

だからこそ——天理も自身の役目を果たす時が来た。

「ハルトさんッ！　向けられた杖の直線上に立たないでくださいッ!!」

天理が叫ぶように告げた瞬間、跳躍しようとしていたハルトの動きが止まった。

「彼の異能は——『地動説』ですッ!!」

そう天理が言い放った瞬間、銅算の表情が怪訝そうに歪んだ。

「銅算さんの《霊器》は地面に突き刺すことによって、『地球の地面を動かす』異能となりますッ！　ですが、それを抜き放ったということは空中を『天体』に見立てた形で発動し、おそらくは《霊器》と対象の距離が発動条件に含まれていますッ!!」

それが銅算の異能を見て導き出した答えだった。

『地動説』は二世紀から続いていた天動説を覆す学説であり、最初の提唱者であるアリスタルコスの考えを復活させ、現代の天文学の礎となった重大な功績である。

それは要約すれば「地球は太陽を中心として動いている」というものだ。

「地球が動いている」という事実は当時の人々に大きな衝撃を与え、宗教的事情によって現在『地動説』の提唱者として名を残すコペルニクスも死の間際まで発表を躊躇った。

そして天文学的な『地動説』の功績は「公転半径から惑星間の距離を算出する」というものであり、それらが何らかの形で異能に関連しているはずだった。

しかし先ほどは「地面を動かした」という事実しか見られず、そして銅算の挙動を見たことによって「異能は一つではない」と確信した。

ただ《霊器》を持っているだけで異能を扱えるのであれば、十字杖を地面に突き刺すという行為は無駄なものでしかない。

そして一度突き刺した十字杖を引き抜いたまま構えているということは、「地面に突き刺すことが異能を発動させる条件」であることを否定し、「十字杖の状態によって異能が切り替わる」というものであると推測した。

「…………このッ!!」

それを証明するように、銅算は手にしていた十字杖を地面に突き立てようとする。

しかし、その時には既に遅い。

異能の仕組みを理解したのであれば、ハルトは確実に対処することができる。

「上出来だ、穂羽天理」

歪剣を深く下ろし、地を掬い上げるように斬り上げ——

「――余計な人間を殺すのは、殺し屋としては三流以下なのでな」

『斬撃』を銅算に向けて飛ばした。

しかし、それは銅算を殺すためではない。

「――――ッ!?」

甲高い音と共に、銅算の手にしていた十字杖が大きく撥ね上がる。

『飛来する斬撃』を受けたことで、銅算は驚愕を浮かべながら体勢を崩す。

その隙をハルトは見逃さない。

斬撃と同時に地を滑るように駆け出し、銅算の目前に迫っている。

「これで死ぬなよ――御老体」

淡々とした静かな言葉と共に、銅算の身体に向かって掌底を突き入れた。

「かッ――――!?」

銅算の巨体が軽々と浮き上がり、骨の砕ける嫌な音を響かせる。

その衝撃によって銅算の身体が吹き飛び、背後にあった木に全身を強く打ち付け……力
しかし、木にもたれかかったまま銅算は顔を上げない。

無く地面に崩れ落ちていった。

「待ってくださいアレって死んでませんよねッ!?」

「手加減はした」

「安心できないブッ飛び方をしていたから訊いてるんですよッ!!」

淡々と答えるハルトを無視して、天理は倒れている銅算に駆け寄る。

「銅算さんッ！　銅算さん生きてますかッ!?」

「かはッ……ああ、なぜか生きておるわい……ッ」

「無理に動くな。今のお前は内部から受けた衝撃によって平衡感覚を失っている。もしも体勢を崩せば、最悪の場合は折れた肋骨が肺に突き刺さって死ぬことになる」

「カッ……なぜ、わしを殺さなかった」

「お前を殺さずに止める方法があったからだ」

その言葉に対して天理は苦笑を向けてから、座り込んでいる銅算に顔を向けた。

「さて……それでは銅算さん。ここからは私たちの弁解タイムです。彼が補給艦を爆破した犯人であれば、今ここであなたを生かしておく必要はありません」

「……わしから生存者の情報を引き出して、残党狩りをする可能性は残っておる」

「それは苦しいですかね。あなたがハルトさんを追ってきたのは『単独であっても異界や悪霊を対処できる戦力』であり、おそらくそちらの班における最高戦力です。だからこそ他の候補生たちを残して生存者の護衛に回したんでしょう？」

「地面を動かす」というのは異界の仕組みを根本から破壊できるほどの異能だ。

だからこそ、銅算は水化した木や岩を粉砕して最短で進むことができたのだろう。

そして単独で分体たちをまとめて屠った様子からしても、悪霊や対人戦闘において圧倒的優位に立てる能力だと言える。

「そんなあなたを先に殺してしまえば、他の候補生たちは簡単に処理できます。それこそ逃げ場のない島で悪霊を狩った後に一人ずつ殺していけばいいわけですし、それが目的なら余計に生かしておく必要はありません」

「……ここでわしを殺していないから、自分たちは犯人ではないと？」

「そういうことです。そして潔白である私たちからすれば、補給艦を爆破して仲間と乗務員を海に沈めた犯人は銅算さんの班にいるということになりますね」

そう告げてから、天理は銅算に向かって選択を迫る。

「ここで私たちが身の潔白を説いても銅算さんが信じることはないでしょう。それなら私たちを生存者の場所まで案内して、犯人探しをさせた方が双方にとって有益ですよ」

「……確実に犯人を見つけ出せる保証もないだろうて」

「ふむふむ。それならあなたに憑いている《善霊》が『ニコラウス・コペルニクス』であると見抜き、異能まで看破した私であったら信用していただけますか？」

天理が満面の笑みで告げると、銅算の表情が大きく歪んだ。

「ちなみに勘や当てずっぽうじゃありませんよ。あなたの《霊器》の中で最も特徴的だったのが『渾天儀』であること、その中には地球ではなく『太陽』が配置されていたので地動説だと断定したこと、その形状が『十字を模している』ことから古代ギリシャの提唱者たちが候補から外れ、コペルニクスが『聖職者』であった点を踏まえて――」

「分かった、分かったわいッ！　お嬢ちゃんの言葉を信じればいいんだろうッ!!」

天理にまくし立てられたことで、銅算が観念したように答える。

状況だけで見ればハルトは限りなく黒だ。

だからこそ、義憤に駆られてハルトを断罪するために襲った。

しかし……それが覆された今、裏切り者は自分の班の中にいるということになる。

ハルトに対する疑いは晴れていないが、ここで判断に迷っている間に残された生存者たちが殺される可能性もある。

それらを銅算なら理解できると考えていたので、承諾するのも分かり切っていた。

「まったく……小僧だけでなく、お嬢ちゃんも面倒な相手とはのう」

「面倒な小娘ですみませんね。その小娘がいなかったら、今頃銅算さんはそこの口下手男に殺されて草葉の陰にいたでしょうけども」

「それも分かっとるわい。だから犯人が見つかるまでは手出しせんと約束しよう」

「それだけでなく、悪霊狩りについての優先権も確約していただきます。候補生を多く保有しているのなら治療に長けた方もいるでしょうし、銅算さんが回復した後に横取りされるようなことは避けたいですからね」

「カッカッ……本当に抜け目ないお嬢ちゃんだ」

天理の提案に苦々しい表情を浮かべながらも、銅算は「承知した」とこちらの条件を受け入れた。

「ハルトさんも、それで構いませんね？」

「好きにしろ。こちらが優先的に悪霊を狩れるなら問題はないし、疑惑のある俺に対して候補生たちが暴走して襲ってくるような事態も面倒だからな」

「はいはい。ちゃんと私が濡れ衣を晴らしてあげますから、ハルトさんはおとなしくしていてください。口下手な上に反感を買いやすい言動しかしないんですから」

そう窘めるように言葉を返すと、足元に何か違和感を覚えた。

視線を下げると……茶原が前脚で天理の靴を小突いている。

何か話したいのだろうと察して、天理は目線を合わせるように屈んだ。

「どうしたんですか、茶原さん」

「……犯人探しにノリ気なのは構わねェが、本当に見つけられるんだろうな？　もしダメだったらオレたちは敵の集団に囲まれて袋叩きってなァもんだぜ？」

「どちらかと言うとハルトさんの手による一方的な虐殺ショーが始まりそうですが、後味の悪い結末になるのは間違いないですね」

銅算の班からも犯人が見つからなかったら、他の候補生たちはハルトに対する疑惑を強めて全員で襲い掛かってくる可能性もある。

ハルトの技量なら全員対処できるだろうが、その場合は周囲に血の雨が降って最悪のバッドエンドを迎えることになるだろう。

「しかし安心してください。犯人探しについては秘策があります」

「そういうことを言う奴に限ってロクなことを考えねェんだよなァ……」

「む、失礼ですね。茶原さんが見てきた人たちはそうだったかもしれませんが、少なくとも私の方法だったら確実に犯人を見つけ出せますよ」

心外だと言わんばかりに天理はじとりと茶原を睨みつける。

「それに、犯人を見つけるのは私じゃありません」

そう告げてから、天理はぽんと茶原の頭を叩く。

「——犯人を見つけるのは、チャッピーくんです」

◇

動けるようになった銅算に先導され、天理たちは島唯一の港に足を運んでいた。

天理たちが上陸した場所と違って人工物が目立っており、かつての名残であろう錆びついたコンテナや廃墟となった倉庫がひしめきあっている。

そして周囲には水化した物体が見当たらない代わりに、いくつもの真新しい瓦礫や破壊痕が見られた。おそらく分体と戦闘を行って強引に安全地帯を確保したのだろう。

そうして安全が確保されたこともあってか、隊服を着た自衛隊員たちが忙しなく動き回っており、爆破された補給艦から回収したのであろう物資を使って食事の準備を行っていたり、周辺の警戒に当たっている。

だが、何よりも目を引くのは――

「これは……できることなら、空から見てみたかったですね」

天理の目の前にあるのは――『要塞』だった。

瓦礫とコンクリートによって打ち立てられた要塞。

要塞の周囲には海から引き入れられた海水が循環しており、進入を阻むかのように特徴的な三角の突端が広がっている。

その光景を見て、天理の背後にいたリシアが興味深そうにぴょこんと顔を出した。

「わぁ……なんかトゲトゲした形だねー」

「いわゆる『星形要塞』ってやつですね。十六世紀のイタリアで実践されてからヨーロッパ中に広まり、機能性と攻略の難しさから当時の軍事戦略を一新させた代物ですよ」

「……天理ちゃんって本当に何でも知ってるんだね」

星形要塞に論理的な改良を施し、当時における究極の要塞を完成させたとして、その軍事技術者の名を冠した『ヴォーバン式要塞』というものがある。

しかし目の前にある寄せ集めの要塞は星形要塞の特徴こそ持っているものの、その細部に至っては粗削りで完成系とは程遠い。

つまり、この星形要塞は『考案された初期の物』であると推測することができ、その考案者は十六世紀のルネサンス期にて活躍し、西洋美術史における数多（あまた）の分野で大きな影響を与えた芸術家として後世に名を残している。

人類史上最も多才であったとされるレオナルド・ダ・ヴィンチと同じ時代を生き、共に『万能人』として称されるほど多くの功績を残し、『神から愛された男』と呼ばれて存命中からも当時の人々に偉人として敬われていた人物――

「――『ミケランジェロ・ブオナローティ』」

『ダビデ像』や『最後の審判』といった名高い芸術作品を残した偉人。

その現代に蘇った偉人の芸術を天理は静かに眺める。

そうして要塞を見上げていた時……天理たちに近づいてくる青年の姿があった。

その目元は長くパーマの掛かった髪の毛で隠れてしまっており、頭に巻かれた薄汚れた手拭や着古した甚平といった風貌からして、見た目に頓着しない人物なのは明らかだ。

「あれ……銅算さん、戻られたんすか」

「おうとも。そちらは何もなかったか、映山」

「くぁぁ――ぁふ、すんません。僕はコレ作った後に疲れて昼寝してたもんで。ぐっすり寝てたんで、たぶん何もなかったとは思うんすけど」

映山と呼ばれた青年が欠伸交じりに返事をする。

しかし、銅算の背後にいた天理たちの姿を見た途端に表情を変えた。

「あれ……銅算さん、なんでその人たちまで一緒なんすか」

「少しばかり犯人探しを見直す必要が出た。その説明のために全員を集めてもらいたいのと、わしの怪我を治すために天解と加我地を呼んできてくれんか」

「……うっす。よく分かりませんけど分かりました」

おもむろに頷いてから、映山はひょこひょこと早歩きで去っていった。

「すまんがお嬢ちゃん、犯人探しはわしの治療が終わってからで構わんか。さすがに老体の身で肋骨がバキバキに折れているのは辛いところがあっての」

「構いませんよ。治療しているところは見させてもらいますけどね」

「カッカッ……そういうところも抜け目ないのう」

先ほど銅算は怪我の『手当て』ではなく、『治す』といった言い方をした。

致命傷ではないとはいえ、肋骨の骨折は短時間で治るものではないし、補給艦が爆破されて犠牲者が出たにもかかわらず、自衛隊員たちに目立った怪我人は見当たらない。

それはつまり、確実に怪我を治癒できる異能を持った候補生がいるということだ。

「銅算さんを治すということは再び襲われる危険がこちらに生まれるわけですし、そこは情報と引き換えということにしてください」

「ああ、構わんとも。小僧をここに招き入れた以上、わしが全く動けない状況だと他の者たちも不安を覚えるかもしれんのでな」

そう言って銅算は横目で視線を送ると、ハルトは無言のまま頷いた。正当防衛とはいえ、銅算の治療を行わないままでは人質と捉えられかねないと判断したのだろう。

そうして話をまとめたところで……要塞の奥から二人の人影が向かってきた。

白衣を着た、妙に活き活きとした表情を浮かべる眼鏡の青年。

そして、壺をぬいぐるみのように抱えた小柄な少女。

「やぁ銅算殿ッ！　怪我をしたと聞いてテンションが上がってしまったよッ!!」

「……おじじは筋肉ダルマだから、怪我しないと思ってた」

「なっはっはっ！　ちょいとミスして派手に骨を折っちまったわい!!」

「ややッ！　しかし銅算殿の背後にいるのは補給艦を爆破したと思われる悪辣な候補生の一団ではないかねッ！　これは近づけば殺されかねないぞ、加我地くんッ!!」

「……天解さん、変なこと言って刺激するのやめて。わたしたちが死ぬ」

映山とは反応こそ違うが、二人も天理たちを警戒するような視線を向けてくる。

「その者たちとは真犯人を見つけるまでは一時休戦じゃ。とにかく詳細を説明するためにも、まずはわしの治療を行ってくれ」

「なるほどッ！　まぁ私は銅算殿の身体を弄り回せるなら構わないさッ!!」

そう高々と叫んでから、天解と呼ばれた青年は白衣をバサリと翻し――


「それでは――解剖を始めようッ!!」


仰々しい動作と共に、《霊器》が手の内に具現化される。

その手に握られていたのは――大きな『鉤』だった。

釣り針のように湾曲し、先端に大きな返しが付いた鉤。

それを短剣のように振りかぶってから——銅算の首元に勢いよく突き刺した。

その光景を見て天理は思わず息を呑むが、銅算の表情に変化は無い。

首元を鋭い返しで貫かれながらも、まるで痛みを感じていないように平然としている。

「ふははははッ！　さぁ銅算殿の身体がどんな状況なのか教えてくれたまえッ!!」

高々と笑い声を上げながら、天解が銅算の身体に手を伸ばすと——その手が身体の中にずぶりと沈み込んでいった。

「あぁっ……肋骨の三本が折れているッ！　それに伴う神経圧迫と皮下出血による圧痛のせいで呼吸も浅いッ！　しかし痛みを受けて平常時よりも高い心拍数を刻む心臓と緊張によって僅かに震えている内臓たちが奏でる甘美なハーモニーッ！　あぁこれこそ素晴らしき人体の神秘いいいいいいいいいいいいいいいぃぃぃッッッ!!」

「やかましい傷に障るわッッッ!!」

耳元で天解が叫んだせいか、銅算が元気よく天解の頭をパァンと叩いていた。

しかし、今も体内を弄られているというのに銅算には何も変化がない。

「さて加我地くんッ！　そんな状態なので後は任せたぞッ!!」

「…………じゃあ、これ」

加我地と呼ばれた少女が壺を漁り、飴玉と液体の入ったガラス瓶を取り出す。

「ん、飴舐めながら液剤飲んで終わり」

「……まったく、これでようやく楽になるわい」

それらを躊躇うことなく手に取り、銅算は口に飴玉を放り入れて液剤を飲み干す。

「かはぁッ……マズイもう一杯ッ!!」

「強いお薬だから、二杯目は死んじゃう」

加我地がふるふると首を横に振る中、天理は銅算の様子を観察していた。

その顔が先ほどと比べて、確実に血色が良くなっている。

そして――天理は二人の《善霊》を理解した。

「……なるほど、『ヴェサリウス』と『ヒポクラテス』ですか」

天解が《霊器》として出した鉤は、遺体を解剖する際に吊るし上げる道具だ。

そう考えた場合、一人の偉人が当てはまる。

現代人体解剖学の創始者『アンドレアス・ヴェサリウス』。

人体構造について記した『ファブリカ』という著書を出版し、人体解剖によって脳から爪先に至るまで人体の詳細を書き記したとされる。

そんな功績を持つ偉人の一人ではあるが、人体の構造を究明することに対して異常なほど固執した人物でもあり、人体を解剖するために絞首刑場を渡り歩き、時には自らの手で墓を掘り起こして死体を調達した奇人とも伝えられている。

そして加我地が抱いている大きな薬壺。

その薬壺には蛇が巻きつくような意匠が施されており、それは薬学の象徴的シンボルとして用いられる『ヒュギエイアの杯』だと見られる。

薬学と関連のある人物であれば、ギリシャ神話に登場する『医神』アスクレピオスを先祖に持ち、後に『医学の父』と称される古代ギリシャの医者『ヒポクラテス』だろう。

呪術や神々の怒りと考えられていた『病気』という現象に対して、初めて宗教観念を切り離して医学的見地から原因を究明しようとした偉人。

その『ヒポクラテス医学』には薬草や食事といったもので自然治癒を促す療法があり、そのために四百種にも及ぶハーブを用いて処置していたとされている。

「ヴェサリウスの異能で対象の状態を完全に把握してから、それを治療するために必要な薬をヒポクラテスに生成させるわけですか」

「おうとも。わしの班に集まった者たちは戦闘能力がない、もしくは戦闘で活かしにくい異能を持った学者の《善霊》を持つ者が多いもんでな」

「それを補うために《霊器》の異能を組み合わせて、相乗的に能力を引き上げているわけですか。確かにこれは多人数でないとできない強みですね」

先ほど二人が見せた『完全治癒』だけでなく、候補生の組み合わせ次第で攻撃や防御にも転化させることができる。

それはまさに、『個』ではなく『群』としての戦術だと言えるだろう。

「つまり――わしらの班は他者が欠ければ不利になる。それをわしら全員が理解しているからこそ、自身の班にいる者たちを害するようなことは行わない」

銅算たちが自分たちの戦力を削る行動を取るはずがない。

だからこそ――

「――銅算さん、全員に声を掛けて集めてきたっすよ」

映山が引き連れてきた多くの候補生たち。

そこには中岸と工藤の姿もあり、全員が天理たちに対して敵意と憎悪を向けている。

「さてお嬢ちゃん……おぬしの話では裏切り者がわしらの班にいるとのことだが、それを見つけられなかった時のことは分かっておるな？」

「もちろん私刑を受けるのは理解していますよ。まぁ私は犯人を確実に見つけ出して潔白を証明できると確信しているので、その心配は一切していませんけどね」

「カッカッ……相変わらず威勢の良いお嬢ちゃんだ。それでは――」

「その前に、犯人探しのプロを皆さんに御紹介しますね」

「………犯人探しのプロ？」

「はい、彼がそうです」

そう言って、天理が指し示した先には――

「………ワフゥ」

それはもう不満そうな表情で鳴く茶原がいた。

「そう言えば甲板で会った時にもおったが……その犬は何なんじゃ？」

「天才ブサイク犬のチャッピーくんです」

「…………なんと？」

「名前の通りです。顔は腹立たしいほどブサイクですが、チャッピーくんは人語を正しく理解できる天才犬です。彼なら犯人を見つけることができます」

「わしらは爆破に巻き込まれて海に落ちている。火薬などの匂いは嗅ぎ分けられんぞ」

「元からそのつもりはありませんよ。補給艦を爆破したと言っても、もしそれが《霊器》で為されたのであれば痕跡なんて残りませんからね」

《霊器》というイレギュラーな存在がある以上、爆薬を使わずに補給艦を爆破する方法など無数に存在している。しかも証拠となる物は海に沈んだか流されてしまっているため、どのような手段で爆破したか証明する手立てはない。

それならば——その証拠を今から犯人に出してもらえばいい。

「皆さん、まずはしっかりと挙手をしてください」

天理の言葉に対して、集まった面々は訝しみながらも手を挙げる。

全員が挙手したのを確認してから、天理はゆっくりと息を吸い込み——

「——はい、それじゃ裏切り者は手を下ろしてくださーい」

そう、軽い調子で言い放った。

しかし当然ながら誰の手も下がらない。

それを確認するように、他の候補生たちも周囲をきょろきょろと見回している。

その状況を見て、銅算が呆れた表情と共に口を開こうとした時だった。

「——チャッピーーッ!!　犯人を捕まえてくださいッ!!」

天理の掛け声と共に、茶原がウォンッと一鳴きしてから勢いよく駆け出した。

そして茶原は牙を剥き出してから——

「——うわあああああああッ!?」

その先にいた工藤に対して飛び掛かった。

工藤の左足に噛みつき、その鋭い牙を食い込ませる。

その様子を見て、中岸が噛みついている茶原を剥がそうと動いた。

「おいやめろッ！　ふざけんなこの犬ッ——」

「中岸さん、ここで工藤さんを助けるならあなたも同罪ですよ」

「何が同罪だッ！　こんなふざけた方法で——」

そう食って掛かろうとした中岸だったが、天理を見た瞬間に言葉を止めた。

「——私は、自分の命が懸かっている状況ではふざけません」

取り出した拳銃を握り締め、その銃口をピタリと中岸に向ける。

二人に視線と銃口を向けたまま、足元にいる茶原に向かって声を掛ける。

「チャッピー、反応があったのは工藤さんだけですか？」

「ワフゥッ！」

「お見事です。ご褒美に高級ドッグフードを進呈しましょう」

そして、天理はうずくまっている工藤に向かって淡々と告げる。

「それでは犯人候補の工藤さんに対して尋問を行いましょうか」

「ぼ、僕じゃないっ！　僕は何もしていないッ!!」

「いいえ、少なくともあなたは犯人について何か知っています。そうでなければ、私の言葉に対して『嘘』をつく必要がありませんからね」

先ほど天理が全員に向かって告げた言葉。

『裏切り者は手を下ろしてください』

その言葉に工藤は手を下ろさなかった。

だからこそ——工藤の『嘘』は茶原によって捕捉された。

「人間は嘘をつくと普段とは異なる汗を分泌します。それは機械ですら検知できないほど僅かな変化ではありますが——犬の嗅覚であれば嗅ぎ取ることも可能です」

ストレスや緊張といった精神的刺激による発汗。

それは生理現象である故に意識しても止めることができない。

犬の嗅覚によって汗の量や臭いの強さといった変化を仔細に捉えることができる茶原から見れば、それは迷う余地すらない絶対の証拠として映る。

しかし、それを聞いた中岸が声を荒らげながら反論してくる。

「そんなもん犬が間違っている可能性だってあるだろッ!?　人間の言葉を理解しているからって、人間と同じ判断力があるわけじゃ——」

「──あァ？　誰が犬以下の判断力だってェ？」

そう茶原が言葉を発した瞬間、中岸が驚きながら足元の犬を見た。

「ヒヒッ……いいねェ、その驚いた顔が見られただけでもオレァ満足だ」

「その声……まさか茶原かッ⁉」

「茶原さんは私の《霊器》によって犬の姿に変えました。今の彼は犬の嗅覚を持ちながらも、人間としての理解力と判断力を持っています。つまり判断を誤った可能性は限りなく低く、工藤さんが『嘘』をついたという事実は覆りません」

「そいつが茶原だったら余計に信用ならないだろうがッ‼　適当に犯人をでっち上げるために工藤を選んだ可能性だってあるだろッ⁉」

「そんなことをするなら私たちは素直に銅算（どうざん）さんを殺して逃げていますよ。あなた方に殺されるリスクを冒してまで犯人をでっち上げる必要性がこちらには一切ありません」

他の候補生たちに聞かせるように、中岸の言葉を封殺していく。

「さて……中岸さんの言葉には一切意味が無さそうなので、ここは沈黙を貫いている犯人候補の工藤さんに真実を語っていただきましょう」

その銃口を向けた瞬間、工藤が小さく悲鳴を上げながら狼狽（ろうばい）する。

「ち、違うっ！　僕は本当に何もしていないんだッ‼」

「なるほど。僕『は』ということは、あなた以外の誰かが補給艦の爆破に関与しているということを知っているわけですね。それではそちらについて語ってもらいましょう」

抑揚を付けることなく、どこまでも冷徹に天理は言葉を並べ立てる。

よく知る人物の姿を真似るように、冷ややかな視線と共に銃口を突きつける。

余計な動きをすれば引き金に力を込めると言外に告げる。

そんな天理の迫力に圧され、工藤が目を泳がせていた時――


「――犯人は『古崎賢治』か」


その名前をハルトが口にした瞬間、工藤の目が大きく見開かれた。

しかし、それを聞いて天理は眉をひそめる。

「古崎さんが犯人って……どういうことですか？」

「甲板で人数を調べさせた時、俺の感じた気配の数に差異があったはずだ」

その時、ハルトは天理たちが答えた人数に対して「一人足りない」と言っていた。

「穂羽天理は視覚、茶原頼隆は嗅覚によって数え、そして俺は今までの経験から気配を感じ取ることで人数を数えた。そこで俺だけに差異が生じたということは――足りなかったのは生者ではなかったということだ」

ハルトは殺し屋として悪霊に憑かれた者たちを数多く手に掛けている。

その経験があったからこそ、見えない一人の気配を感じ取ることができた。

「おそらく、既に古崎賢治は悪霊と化している」

「……そんな一ヵ月程度で悪霊になるものなんですか？」

「確かに人間が悪霊に至るまでには相応の時間を要する。しかし奴は候補生として《霊器》を所持していた。霊体によって具現化した《霊器》に自分の魂を取り込ませ、失った肉体の代わりにするといった手法を取れば過程を省ける可能性がある」

そこまで語ってから、ハルトは狼狽している工藤を睨みつけた。

「悪霊化した直後は異界を創成するだけの力はないが……他者に憑いて一時的に意識を奪って操る程度のことはできる。それが洗脳しやすい近しい間柄の人間ならなおさらだ」

かつて部下として古崎と共に過ごし、中岸と同様に古崎のことを恩人と慕っていた工藤だからこそ、そこに付け込まれることになった。

「古崎賢治の《霊器》はどこだ、工藤隆志」

「ヒッ……し、知らないッ！　海に投げ出されて目が覚めた時にはもう無くて……ッ！　僕は古崎さんに命令されて、古崎さんの《霊器》を持っておくように言われて……そんな、補給艦を爆破するなんて知らなくてッ――」

補給艦の爆破が自分のせいで引き起こされ、仲間や多くの人命が失われたという事実に耐え切れなかったのか、工藤が錯乱したように喚き立てる。

そんな工藤の様子を見て……中岸が勢いよく胸倉を掴み上げた。

「知らないで済むようなことじゃねぇだろ……ッ!!」

怒りの形相を浮かべながら工藤を睨みつける。

「なんで古崎さんが生きていることを俺に言わなかったッ！　知ったところで止められなかったとしても……なんで一緒にやってきた俺にまで黙ってたんだよッ!!」

「ごめん……ごめん……ッ!!」

「ごめんじゃねぇよッ！　なんで言わなかったのかって俺は聞いて――」

そう工藤を問い詰めていた時、不意に中岸が言葉を止めた。

顔を歪ませながら、工藤は涙を流しながら語る。

「僕を訓練時代にリンチしていたのは……古崎さんだったんだよ……」

「は……いきなり何言ってんだよ？」

「他の奴を使って、自分では手を下さないようにして……そうして、毎日殴られて蹴飛ばされる僕を眺めながら笑ってるような人だった。だから……僕は古崎さんに呼び出されて候補生になるように言われた時も断れなかったんだ」

「古崎さんがそんなことするわけねぇだろッ！　だって古崎さんはお前を助け――」

「いいから僕の話を聞けよッ!!」

その気迫に圧されて中岸が黙り込むと、再び工藤がぽつぽつと語り始める。

「あの人が僕と中岸をバディにしたのは……お前が古崎さんのことを尊敬していたからさ。古崎さんにいびられていた僕に対して、お前が嬉々として古崎さんを褒めて聞かせる様子が愉快でたまらなかったんだろう」

きっと、中岸は嬉々とした様子で敬愛する上官の古崎を褒め称えていたのだろう。

古崎さんは本当に良い人だ、古崎さんがお前のことを助けてくれた、古崎さんには感謝しておけよ、古崎さんのおかげで今のお前があるんだぞ――

そんな言葉を工藤に対して言い続けてきた。

当時味わった痛みや恐怖を何度も思い出させるように。

「本当は候補生なんかになりたくなかったッ……だけど古崎さんは僕の過去を引き合いに出して、嫁や子供を昔のお前みたいな目に遭わせたくなかったら、候補生になって俺に協力しろ』って言われて、従うしかなかったんだ……ッ!!」

その事実に気づける機会はあった。

古崎が死んだ時、工藤は一切涙を流さなかった。

古崎に対する想い(おも)を語るのは中岸だけで、工藤は何も言っていなかった。

古崎を蘇ら(よみがえ)せるという目的を中岸が告げた時にも沈黙を貫いていた。

「なんだよ……なんだよ、それ……ッ!!」

自身が工藤にした仕打ちと古崎の本性を知り、中岸が表情をくしゃりと歪ませる。

「なんで……ずっと黙ってたんだよ」

「そんなの、お前が僕の友達だったからだよ」

そんな中岸の様子を見て、工藤は力無く笑みを浮かべた。

「たとえ古崎さんには別の思惑があったとしても……お前はバディとして僕と一緒にいてくれて、鈍くさい僕のことを励まして、バカなことして一緒に笑い合った友達なんだ」

中岸と過ごしてきた時間を思い返し、工藤は涙を流しながら告げる。

「そんな——僕と対等に過ごしてくれた親友だから、言えなかったんだ……ッ!!」

その正体を知らないとはいえ、中岸は心から古崎のことを尊敬して慕っていた。

そんな親友の夢を壊したくなかった。

中岸の行為が、どれだけ工藤を傷つけていたのか悟らせたくなかった。

ずっと対等に過ごしていた親友に対して、自分が古崎の言いなりでしかない弱い人間であるということを知られたくなかった。

「お前に打ち明けていたら、僕のせいで誰かが死ぬこともなかったのかなぁ……ッ!」

悔悟の念によって、工藤は涙を流しながら空を見上げる。

自分が取った行動によって、多くの人間の命が失われた。

その罪の重さを自覚したことで、工藤の心は完全に壊れ掛けていた。

そんな工藤の様子を見て……銅算が顔の皺を深く刻みながら指示を出す。

「……手の空いている者で工藤を拘束して監視しておいてくれんかの。このままでは自分で命を絶ちかねないし、その罪を追及する前にやるべきことがある」

そう言って、傍観していたハルトに声を掛けた。

「小僧、おぬしから見て現状はどんなもんかの」

「今回の件で亡くなった正確な人数はどれくらいだ」

「……候補生四名、乗務員は八十三名が犠牲になっておる」

「《霊器》を宿した候補生の魂に加えて、それだけの死者を喰らえば古崎賢治は島の悪霊と同等以上の力を得ることになる。島に巣食う悪霊が《霊器》を糧として取り込んだ場合は異界の範囲が深海付近にまで広がり、逃がせば悪霊を討つ機会は失われるだろう」

　古崎が犠牲者たちの魂を取り込めば強大な悪霊を同時に相手取ることになり、島からの脱出手段を持たない候補生たちは確実に追い込まれることになる。

「こちらとしては悪霊の討伐を優先すべきだと考えている。そちらの居場所は既に穂羽天理がある程度の予測を立てており、古崎賢治の《霊器》が海底に落下したのであれば自由に動くことはできず、死者の魂を取り込むまで時間を要するはずだ」

「……お嬢ちゃんは既にそこまで掴んでおるのか？」

「まだ正確な位置を確認したわけじゃないですけど……少なくとも水化した木や岩が真水で構成されていたので、島にある湖か川を本拠地にしていると私は考えています」

　その言葉を聞いて、銅算は何か思い当たったように顔を上げた。

「それならば、島の地下かもしれん」

「………地下ですか？」

「おぬしらを追って地面を動かしていた際、わしの想定よりも動いた地面が少なかったということがあった。つまり島の地下に空間があるということになる」

「……地底湖ですか。それなら確かに納得できる点もあります」

　島の悪霊は天理たちが目的地に近づいても行動パターンを変えなかった。

それに対して天理は「目的地が間違っている」という可能性を挙げ、そして悪霊は地上からは絶対に見つからないという自信があったからこそ動かなかったと考えられる。

「すみません、ミケランジェロの人っ！」

「……え、もしかして僕っすか？」

「はい。ここの要塞を作る時に地質とかを見ているはずですよね？　それがどんな地層だったとか、どんな岩があったとか詳しいことって分かりますか？」

「あー……それなら石灰岩っすね。島の周辺に珊瑚礁とかありましたし、昔の珊瑚礁が堆積して島になったみたいな感じだと思うんすけど」

「堀はどうやって作ったんですか？　海水を引き入れただけじゃ循環しないですよね？」

「そこはまぁ、傾斜だったり構造で工夫したところが大きいっすけど……島の周囲にある海流がこんな具合に流れているんで、そこらへんも計算した感じっすね」

「おー、さすが名匠ミケランジェロに選ばれた人は図解も上手いですね」

「……というか、なんで僕の《善霊》を知ってるんすか？」

「まぁまぁ。今は緊急事態なので細かいことは気にしないでください」

映山から詳細を聞き出しながら、あらゆる情報を重ねて推測の精度を高めていく。

持ってきた島の全体図に今まで見てきた土地の高低を当てはめ、島にある山や丘陵の位置、周辺を流れる川、そして映山によって記された海流の流れから見えない部分を推測して補強していき——

「──おそらく、地底湖があるのはここです」

　そう言って、天理は地図の一点を指した。

　島の生活区域から少し離れた、農耕地の近くにある広大な空地。

「地下に空間が広がっているなら、地盤が脆くて生活区域や採掘資源を運搬していた主要路には向きません。異界の規模を考えれば相応の広さがあり、地底湖を形成しているなら海水の流入も考えられるので、それらに当てはまると思った場所がここです」

「確証についてはどの程度だ」

「これだけ情報が揃っているので、私にしては珍しく自信満々と言えますかね」

「いいだろう。それならばお前の考えを採用して行動する」

　そして、ハルトは天理の言葉に対して静かに頷いてから工藤を見る。

「工藤隆志についての処遇はお前が決めろ、赤兼銅算」

「……ほう。本人の意思ではなかったとはいえ、お前さんたちに無為な疑惑を抱かせる要因となった人間を許すということかの？」

「工藤隆志に手を出せば、お前の班にいる人間に手を出したと言われそうなのでな」

「カッカッ……そういう時は素直に答えておくもんだろうて」

　笑みを浮かべてから、銅算は大きく頷いた。

「よかろう。それならばこちらは工藤の処遇を決める代わりに、そちらの班が行う悪霊討伐に関して、このわしが道を拓いて支援を行うとしようッ!!」

豪快な笑みと共に分厚い胸板を叩く銅算を見て、ハルトは静かに頷いた。

そうして話がまとまったところで、ハルトは天理の方に向き直った。

「穂羽天理、お前は赤兼銅算の班員たちと共に残れ」

「……あー、そうですね。私は戦闘関連だと足手まといですから」

十分に得た情報によって、悪霊の居場所は確定したと言っていい。

そこに戦えない天理を同行させたところで足手まといにしかならないし、ハルトも今回の一件で天理のことを戦力の一人として認めたからこそ、貴重な人員を失わないために安全な場所へと残るように指示してくれているのだろう。

「分かりました。それでは私は残るので、茶原さんにも伝えて——」

ハルトの提案に対して、天理が頷こうとした時だった。

「——天理ちゃんも連れて行かなきゃダメだよ？」

振り返ると、そこには笑みを浮かべているリシアの姿があった。

「天理ちゃんも連れて行きなよ、ハルトくん」

「……なぜだ。お前がそこまで穂羽天理に固執する理由を答えろ」

「強いて言うなら、天理ちゃんの反応が気になるからかな？」

「真面目に答えろ」

「ふざけてなんかないよ？　ボクは天理ちゃんがどんな反応をするのか見たいんだ」

ニコニコと、無邪気な笑みを浮かべながらリシアは言う。

　そして……リシアはぽんと胸の前で手を打った。

「要は天理ちゃんが付いて行くと危ないから、ハルトくんはダメって言ってるんでしょ？　それだったら何があろうとボクが天理ちゃんを守るって約束するよ」

「ダメだ。お前の考えが不明瞭である以上、その約束が果たされる保証は――」

「――ボクの言葉は絶対だよ、ハルトくん」

　そうリシアが笑みを浮かべながら告げた直後だった。

　一瞬、ハルトが身体（からだ）を震わせてから大きく飛び退（との）いた。

　その様子を満足そうに眺めてから、リシアはにぱりと笑った。

「天理ちゃんはボクが守るって約束してあげる。それならいいでしょ？」

　普段通りの少女らしい華やいだ笑顔。

　しかし……その笑顔を見つめるハルトには、初めて見せる怯（おび）えに近い感情があった。

「……穂羽天理、同行を頼めるか」

「ええと……はい、私は構いませんけど」

「すまない。安全については確実に保証する。準備はそちらで進めてくれ」

　低く、重苦しい声音と共にハルトは踵（きびす）を返して立ち去る
　その背中を見送っていた時、リシアが天理の腕に抱きついてきた。

「はいっ！　それじゃ天理ちゃんも一緒ねっ！」

「あの……どうしてリシアさんは私を連れて行きたいんですか？」

「んー？　さっきも言ったけど、天理ちゃんがどんな反応をするか見たいからだよ？」

きょとんと首を傾げながらリシアは同じ返答をする。

「天理ちゃんはボクが生きていた頃と同じ歳くらいだし、ボクと同じような反応をするのか気になるから見ていたいというか、共感を得たいって感じかな？」

「……共感ですか？」

「うんうん。自分と同じ境遇に立たされて、他の人だったらどんな反応をするのかなとか。どんな言葉を口にするのかなとか。どんな行動を取るのかなってさ」

そう語りながら、リシアが翠玉の瞳を向けてくる。

それこそ——天理の反応を推し量ろうとするように。

そんな時、話を終えた銅算がこちらに向かってきた。

「何かあったのかね、お嬢ちゃん。小僧が妙に殺気立った様子じゃったが」

「私がここに残るかどうかで少し揉めまして。それでどうされましたか？」

「うむ。わしの班から同行を希望する者が出たが、小僧とお嬢ちゃんの意見を聞いてから決めるべきだと思ったんでの」

そして……銅算の背後から出てきた人物を見て、天理は顔をしかめた。

「なるほど。そういうことですか」

「……まぁ、やっぱりそういう反応をされるよな」

天理の表情を見て中岸は苦笑を浮かべるが、すぐに表情を改める。

「俺も同行させてくれ、穂羽ちゃん」

「……そう言われて、私たちが頷くと思いますか?」

「分かってる。そっちから見たら俺は信用できない人間だってな」

古崎は天理の命を狙い、仲間である工藤は操られたとはいえ甚大な被害をもたらした。

だけど、と中岸は拳を震わせながら言葉を続ける。

「バカな俺でも分かるくらい……古崎さんはどうしようもない人だったんだよ」

そう言って、中岸は横目で工藤を見る。

拘束されたまま呆然と座り込み、虚ろな目でうわ言を呟き続けている姿。

「俺は……古崎さんから新人たちの中でいじめがあるって聞いて、それで『中岸はバカだけど良い奴だから頼んだ』って言われて、俺は工藤とバディを組むことになったんだ」

その言葉を中岸は疑うこともせずに信じていた。

しかし、真実は違っていた。

「俺は古崎さんのやったことが許せない……他の誰でもない、俺が唯一無二のダチだって言える工藤のことを利用したってのが許せねぇんだよ」

親友である工藤に対して許されない仕打ちを行っただけでなく、その恐怖心や性格を利用して手駒のように扱った。

「もう俺は古崎さんを蘇らせようとは思わない。穂羽ちゃんを殺そうとして、関係ない奴らをたくさん殺して、俺たちを自分のために利用した古崎さんを止めないといけない」

「……止めるとは、具体的にどうするつもりですか？」

「俺の手で悪霊になった古崎さんを殺す」

「ダメです。あなたに対する信頼だけでなく、古崎さんと親しかった中岸さんでは殺すことを躊躇う可能性があります。確実に仕留めるなら連れて行くべきではありません」

どれだけの悪人だろうと、中岸にとって古崎が恩人であるという事実は変わらない。

どれだけの憎しみを抱こうと、その最後を確実に躊躇ってしまう。

天理が今まで見てきた『中岸友也』という人間はそういう性分だからだ。

だが、中岸の意思は変わらない。

「俺は絶対に躊躇わない。たとえ何が起こったとしても古崎さんを殺してみせる。そのために……俺は穂羽ちゃんに話をしに来たんだ」

そう告げてから——中岸は自身の《霊器》を地面に打ち付けた。

分厚い斜刃を持つ戦斧。

「俺に憑いているのは——『シャルル＝アンリ・サンソン』だ」

そう、自身に力を与えた《善霊》の名を口にする。

「《霊器》の銘は『正義の柱』、その功績は『人道的処刑』、その異能は斬りつけた相手のことを断頭台に乗せた『罪人』に仕立て上げ、感覚や身動きを奪うだけでなく確実に切断することができる」

それについては天理も想定していた。

以前の異界で中岸の《霊器》を目にしていたこと、その特徴的な斜刃がギロチンの刃を模していたこと、その《霊器》がギロチンそのものではなく『武器』という形状を取っていたことから、憑いている《善霊》はギロチンが登場する以前から武器によって処刑を行っていたことが見て取れた。

フランスのパリで死刑執行人の家に生まれ、死刑執行人でありながら死刑廃止論を唱え続け、民衆から罵倒される死刑囚たちを唯一人間として扱った人徳者。

ギロチン開発の発端となった意見書を提出し、死刑囚に苦痛を与えない「機械による人道的な処刑」に賛同してギロチンの開発にも携わった。

しかし、ギロチンを開発したことによって以前よりも多くの処刑が実現可能となってしまい、死刑制度の廃止を論じながら人類史上で二番目に多くの人間を処刑することになるという皮肉な運命を辿った人物でもある。

それが──『シャルル＝アンリ・サンソン』という人物だ。

「もしかしたら……こうなると分かってたから、俺はシャルルに選ばれたのかもな」

シャルルはフランス革命時、数多くの著名人たちを処刑した。

その中には君主、ルイ十六世の存在もあった。

そして──最終的に、シャルルは自身が崇拝していた人物を自らの手で処刑した。

「俺はバカだから自分の持っている《霊器》でどうやって古崎さんを殺せるのかも分からない。だけど穂羽ちゃんたちなら、俺の異能も上手く扱ってくれるだろ？」

だからこそ、中岸は全ての情報を天理に開示した。

自身の手で確実に古崎を殺すために。

「わしの方も中岸とは既に話を付けておる。妙な動きや不審な行動を取ったり、工藤のように古崎賢治に操られた場合は即座に殺して構わないとな」

それを承諾した上で中岸を連れてきたということは、銅算も何か起こった際には中岸を手に掛ける覚悟を持って提案してきたのだろう。

それらを理解した上で、天理は静かに息を吐いた。

「……私の目的は、異界に取り残されて悪霊になっているであろう母親を自分の手で葬ることです。ですから中岸さんの想いについても理解できます」

親しい人間だからこそ、せめて自分の手で葬ってやりたい。

正しく死ぬこともできず、異形に成り果てた敬愛する人物を救ってやりたい。

それが生半可な覚悟ではないことを天理が一番よく知っている。

だからこそ——

「——中岸さんの同行を許可します」

そう、中岸を真っ直ぐ見つめながら天理は答えた。

◇

中岸が同行する件についてはハルトにも伝えた。

それに対してハルトは普段通り「そうか」と答えただけだった。

改めてハルトに対して頭を下げた中岸に対しても、まるで興味がないと言わんばかりに淡々とした反応を寄こすだけだった。

しかし当然ながら、中岸の同行に反対する者もいる。

「──チッ、こんな奴を同行させるなんざァ正気とは思えねェぜ」

大きな犬の身体を揺らし、茶原が悪態をつきながら中岸を見る。

「……俺も、まさか穂羽ちゃんたちがクソ野郎を連れているとは思ってなかったさ」

「ヒッヒッ……そりゃァ人徳ってなもんよ。なにせオレはクソ野郎の上官を持ってるわけでもなけりゃァ、補給艦を爆破する人殺しが友人にいたわけでもねェからなァ？」

挑発する茶原に対して、中岸は何かを言おうとしたが口を噤んだ。

「……そうだ。だから俺は二人の汚名をすすぐために来た」

「汚名をすすぐだァ？　後ろからオレたちをブッ刺すの間違いだろォがよ」

「確かに、お前については殺した方が世のため人のためになりそうだな」

両者が睨み合う中、天理は二人に聞こえるように深々と溜息をついた。

「……すみません、私を挟んで小競り合いをするのはやめてもらえませんかね」

天理たちは今、ハルトと銅算を先頭に、その後ろに中岸、天理、茶原の三人が横並びとなって歩いている。

真ん中の天理を挟んで両脇の二人が睨み合っているのだから、それはもう居心地が悪い。

「中岸さん、うちの犬がキャンキャンと吠えるので今は銅算さんに付いていてください」

「……そうしておくよ。こっちも余計な奴の相手はしたくないからな」

そうして、中岸は茶原を睨みつけてから距離を取っていった。

それを確認してから、天理も非難するように視線を向ける。

「茶原さんも煽るようなこと言わないでください。中岸さんの同行はハルトさんも承諾していますし、一応は私の護衛として付いて来ているんですから」

天理が同行するにあたって、中岸はその護衛ということで収まった。

頼みの綱であるハルトは悪霊との戦闘があるので天理を守ることはできないし、名目上の護衛である茶原は御覧の通り少し大きいブサイクな犬なので心もとない。

「彼は頼り甲斐のない茶原さんの補強として入れた人員です。文句を言うならただの犬から戦闘能力の高い犬にクラスチェンジしてください」

「ケッ……どっちかと言えばァ、嬢ちゃんの方に文句を言いてェけどな。わざわざ危険なことに首を突っ込む上に、余計な奴を引き込みやがったんだからよ」

「それについては……まぁ、茶原さんには申し訳ないとは思っていますよ」

ただでさえ天理の同行が決まって強制的に死地へ赴くことになった上に、古崎の関係者であり現状では最も信用できない人間を同行させることになったのだ。

しかし……近しい立場の天理としては、中岸の申し出を断ることができなかった。

「だから、そこは相談せずに進めてすみません」

「なんでェ、クソ嬢ちゃんにしては殊勝じゃねェか」

「まぁ……私の目的も悪霊になった母親を探し出して葬ってあげることですからね。自分の手で恩人を葬るって中岸さんの気持ちは分からなくもないんですよ」

「はンッ、そんなもんはテメエらの自己満足だろォが」

「そうですよ。茶原さんには分からないことでしょうけどね」

茶原の言い方が癇に障ったこともあり、天理も棘のある言葉を返す。

「──そんなもん、オレは死んでも分かりたくねェよ」

しかし、茶原は普段とは違う声音で呟いた。

その言葉に天理が首を傾げると、茶原が大きく鼻を鳴らした。

「それよりもだァ……殺し屋の兄ちゃんの方も何かあったのか？」

「……ハルトさんですか？」

「なんか普段よりピリピリしてるっつーか、余裕のない感じじゃねェか」

確かに普段より殺気立っているというか、初めて会った時と似た雰囲気が感じ取れる。

その理由についても天理は心当たりがある。

「いやまぁ……喧嘩というか、なんなんですかね？」

「喧嘩だァ？　いくらクソ嬢ちゃんの気が強いからって、そんなしょーもないことで乱れるような兄ちゃんじゃねェだろォよ」

「いや、別に私がハルトさんと喧嘩したわけじゃないですよ？」

「あァ？　だったら誰と喧嘩したってんだよ？」

「ハルトさんの知り合いというか……友達？　いやそれもなんか違う感じがするので、なんとも表現が難しいと言いますか」

なぜか、ハルトとリシアの関係性を上手く言い表す言葉が出てこない。

そんな曖昧な返答をしたせいか、茶原は犬顔を怪訝そうに歪める。

「ハッキリしねェな。いつもの嬢ちゃんなら無駄にハキハキ説明すんだろォがよ」

「まぁ……はい。確かにそうですよね」

そう茶原に指摘されたことで、天理は違和感を覚える。

ただ「ハルトとリシアが喧嘩した」と説明するだけで事足りるのに、その言葉が頭の中から抜け落ちたように出てこなかった。

まるで、思考と記憶が上手く噛み合っていないような違和感。

「おい、急に黙るんじゃねェよ」

「……すみません。ちょっと考えがまとまらないもので」

「ケッ……そうかい。それなら薬でも飲んでおねんねしてなァ」

そうつまらなそうに答えてから、茶原はそっぽを向いた。

そして――

「――ここが目標地点だ」

先頭に立つハルトが淡々と告げた。

荒れ果てた農耕地に隣接している空き地。

海が近いこともあってか、ほのかに潮の香りが風に乗って漂ってきている。

「さて……ここまで大きな動きはなかったようじゃの」

「穂羽(ほばね)天理の推測に従って移動してきたが、それでも一定の動きは向こうも感知できる。俺たちが明らかな目的を持って向かっていることは理解しているはずだ」

「なるほどのう……つまり、下手に動くのではなくわしらの襲撃に備えていると考えるのが自然といったところかの」

そう考察してから、銅算(どうざん)は十字杖(じゅうじづえ)をガァンッと地面に打ち付ける。

「ならば——その企てごと潰してやるわい」

歯を剥(む)き出して笑みを浮かべた直後——

眼前の地面が勢いよく切り開かれた。

地響きを立てながらせり上がっていく地面。

それが塔のように天高くせり上がり、その地下にある空間を曝(さら)け出していく。

震動によって無数の波紋を作っている湖。

そこに狙いを定めるように、銅算は掴(つか)んでいる十字杖を勢いよく捻(ひね)り——

「——埋め潰せ」

十字杖を引き抜いた瞬間——そびえ立つ双塔が形を失うように崩落した。

流星のように降り注ぐ土塊と岩石。

それらが轟音と水柱を立てながら湖を埋没させていく。

「カッカッカッ！　やっぱり派手なもんは見応えがあるのうッ!!」

一瞬にして変貌した地形を見て、銅算は高々と笑い声を上げる。

その威力は《霊器》の中でも桁違いと言っていいだろう。

おそらくハルトと対峙した時は地下の状況が分からなかったため、自身の足場が崩落することを恐れて力を抑えていたのだろうが……これを実際に行われていたら、ハルトどころか近くにいた天理ごと生き埋めにされていただろう。

並大抵の悪霊であれば一撃で葬るほどの異能。

しかし……天理は『異界事変』の際に多くの悪霊を見てきた。

そしてハルトは「相応の力をつけた悪霊」だと称していた。

「――残念ながら、まだ終わっていないみたいです」

天理が埋没した湖を注視しながら呟いた時――


コポリ、と水音がした。


土煙と瓦礫が崩れる喧音の中で、その音だけが嫌なほど耳についた。

水音が断続的にコポリ、コポリと何度も水音が立つ。

そして……瓦礫の隙間から、毒々しい色合いの水が溢れた。

黒と紫が入り混じった腐肉のような色の水が瓦礫の隙間から溢れていき、徐々に勢いを増して瓦礫の上に広がっていく。

その『水』は一言で表すならば、花のような形状をしていた。

腐肉色をした五本の巨大な脚を花弁のように広げる姿。

その中央には無数の牙が生えた口らしき部分があり、周囲には雄蕊のように伸びた蒼白の腕が獲物を求めるように前後左右と不気味に揺らめいている。

それだけならば、不気味な色合いの花といった程度で済んでいただろう。

「クソったれがァ……夢に出てきたら恨むなんてもんじゃねェぞ……ッ!!」

悪霊の風貌を見て、茶原が唸るように声を漏らす。

その身体は――全て『人間の顔』で埋め尽くされていた。

悪霊の体表に浮かんでいる無数の人面。

それらが苦悶の表情を浮かべて不気味な模様のように浮かび上がっており、水気を吸って醜く膨れ歪んだものや、溶け崩れて顔の一部が欠けているものもある。

中心から伸びた腕は顔面を無理やり引き延ばして繋げたような不格好なもので、苦痛によって絶叫しているようにも、空気を求めるように口を開けているようにも見える。

「おそらく、核となった者は海で溺死したのだろう」

異形を眺めながら、ハルトは淡々と呟く。

「昏い海底へと一人沈んでいき……その孤独を埋めるように他者を水底に引き入れ、それらを繰り返し続けることで悪霊という異形に姿を変えてしまった」

孤独を慰めるために新たな犠牲者を生み出し、自身と同じように溺れさせることで共感性を与え、孤独を紛らわせるために犠牲となった者たちを身に纏った。

そんな――水溺の悪霊とでも呼ぶべき存在。

「赤兼銅算、お前は奴が海中へと逃げないように囲んでいろ」

そう銅算に告げてからハルトは右腕を振り抜く。

「ここからは――俺の為すべき仕事だ」

鉤爪のように曲がった歪剣。

数多の悪霊を狩り続けてきた剣を握り、眼前の異形を黒瞳で見定める。

その瞬間、ぐぢゅりと怖気立つ水音が聞こえた。

水溺の悪霊に貼り付いている無数の人面。

それらが一斉にハルトの姿を見ていた。

しかし、それでもハルトは歩みを止めない。

ゆっくりとした歩調のまま水溺の悪霊に向かっていく。

「元の姿も分からないほど、醜悪な姿になったものだな」

まるで友人に語り掛けるような口調で呟く。

そんなハルトを敵と認識し、蒼白の腕たちが鞭のように襲い掛かったところで――

「――今、お前たちを救ってやる」

振るわれた歪剣によって、勢いよく薙ぎ払われた。

無数の人面たちがガラスを引っ掻いたような甲高い断末魔を上げ、不協和音を奏でながら無数の肉片に変わる。

「――《角樹》」

牡鹿の角のように枝分かれした刃。

その禍々しい刃に打ち払われたことで、鞭腕たちは細々とした肉片に変わり果てた。

そうして切り開かれた道をハルトは見逃さない。

鞭腕を斬り裂かれた痛みによって仰け反るようになった水溺の悪霊に対して、力強く地面を蹴って距離を詰める。

ハルトの進行を確認した直後、水溺の悪霊は巨大な脚を軽く掲げた。

遠くに見える山々を凌駕するほどの巨大な脚。

それが打ち下ろされた瞬間――

地上に存在する全ての物体が攫われていった。

近くにあった丘が跡形もなく粉砕され、巨大な岩が小石のように転がり、地面ごと抉り取られた木々が土石流となって全てを呑み込んでいく。

「後ろの三人ッ！　しっかりと伏せておれッ‼」

銅算が素早く十字杖を取り回して土壁を立ち上げる。

天理たちの場所は悪霊の一撃から離れた範囲外だというのに、その凄まじい衝撃と余波によって土壁が軋み、飛来した砂礫によって端々が抉られていく。

「──ブヘァッ‼　おいふざけんじゃねェぞクソがァッ！　あんなハリウッド映画に出てきそうな化け物をどうやってブッ殺すってんだァッ⁉」

地面に伏せている茶原が情けない叫び声を上げる。

実際、ただの人間が太刀打ちできるような相手ではない。

人間を遥かに超越した異形の怪物。

たとえ異能を持つ候補生であろうと、あの巨体と一撃を見れば戦意を失うだろう。

しかし──

「──それは、あの小僧を見ていれば分かることじゃろうて」

土壁を盾にしながら立つ銅算が呟く。

その視線の先に悠然と立つ人物。

歪剣を地面に突き刺し、悪霊を見据えたまま立つハルトの姿。

そんなハルトを守るようにして──歪剣の刃が形状を変えていた。

地の深くまで根を張るように伸びた刃。

その枝分かれした刃が蓮の花弁のように広がり、大きく丸みを帯びた盾となっている。

千変万化の剣。

あらゆる相手を殺すために姿形を変える《霊器》。

「恐れや怯えは与えるつもりはない」

そう水溺の悪霊に向かって呼びかけながら、歪剣の形状を変化させる。

それは、細長い槍のような形状をしていた。

歪な枝刃を寄り集めた、禍々しい穂先の投擲槍。

それを力強く握り締め、黒瞳によって水溺の悪霊に狙いを定める。


「――それらを与えることなく、確実に殺すのが俺の仕事だ」

囁くような言葉と共に、ハルトは自身の《霊器》を投擲した。

それは微かな光を纏って水溺の悪霊に向かって飛来し――


その巨体に触れた瞬間、穿ち貫くように風穴を空けた。

肉を爆ぜ散らす異音。

無数の人面によって奏でられる耳を劈く絶叫。

その断末魔と共に、水溺の悪霊が力無く地底湖に斃れて沈んでいく。

そして……水溺の悪霊は穴へと引きずり込まれていった。

あまりにも呆気ない終焉。

そう称するしかないほどに圧倒的な光景だった。

「カッカッ……まったく、手加減されて命拾いしたわい」

その光景を目の当たりにして、銅算は口元を震わせながら呟く。

そう銅算が評するほどに圧倒的だった。

およそ人間では敵うはずがないと思えるような存在。そんな存在に対して臆する様子もなく、誰の助力を得ることもなく単独で仕留め切ることができるほどの戦闘能力。

それは《霊器》の力だけでなく、あらゆる状況に対して正しく《霊器》を変貌させて的確に対処するハルト自身の能力があってこそ発揮されている。

「あは、やっぱりハルトくんは強いなぁ」

そんなハルトの勇姿を見て、リシアは嬉しそうに笑みを浮かべていた。

その様子は心からハルトの活躍を喜んでいるように見えた。

そして――不意に以前聞いた言葉が天理の頭の中を過った。

『俺は、何があろうとリシアを生き返らせなくてはいけない』

その言葉が本心ならば、それがハルトの果たすべき目的となる。

では、なぜハルトはリシアを生き返らせようとしているのか。

彼女は過去に存在していた人物であり、ハルトとは一切の接点がないはずだ。

何もかもが噛み合っていない違和感。

今までに何度も感じてきた、疑問が浮かんでは消えていく感覚。

その拭えない焦燥感によって天理が困惑していた時だった。

「おい……どうして兄ちゃんは突っ立ってんだ？」

そんな茶原の言葉によって現実に引き戻された。

見れば、ハルトはその場に立ち尽くしている。

水溺の悪霊が沈んでいった地底湖を見つめながら。

『――穂羽天理、状況報告を行うのでスピーカーに切り替えて全員に聞かせろ』

インカムから声が聞こえ、全員に聞かせるためにスピーカーに切り替えた直後――


地底湖から、巨大な脚が這い出てきた。


無数の人面に覆われている悍ましい脚。

それが――傷一つない状態で再び地表に這い出ようとしている。

『俺は奴の体内にある魂核の気配を辿り、間違いなく魂核に向けて一撃を放った。本来ならば魂核が破壊された時点で悪霊は消滅する』

ハルトが淡々と語る最中、その巨体が五脚によって地上を掴み上げ、先ほどと寸分違わない姿で天理たちの前に姿を現している。

『しかし……その直前に魂核の気配が瞬時に移動した。それによって奴は消滅を免れただけでなく、この短時間でこちらの与えた傷の全てを完全に修復している』

巨体を穿った風穴だけではない。

細切れにされた人面の触手たちも元に戻っている。

『単刀直入に告げる。奴の肉体は魂核を破壊しない限り幾度となく蘇る。それこそ再生能力などを加味すれば不死身と呼ぶに相応しいものだ』

その言葉を聞きながら、天理たちは這い出てくる水溺の悪霊を眺めるしかなかった。

不死身の肉体を持つ悪霊。

それがどのような意味を持つか、この場にいる全員が理解した。

『俺自身は時間を掛ければ単独でも討伐できると考えている。しかし再生能力と巨体を用いて、最悪の場合は島ごと破壊して逃亡する可能性が極めて高い』

一撃で地形を変えるほどの巨体。

決して小さな島ではないが、先ほどの威力を見れば島を破壊し尽くすのは容易であり、ハルトを対処できないと分かれば住処を破壊してでも逃亡するだろう。

『そして古崎賢治という不確定要素がいることからも、時間を掛けて討伐することは現実的ではない。よって穂羽天理、並びに他三名の助力を得て討伐するべきだと判断した』

残っている面子の中で唯一対抗手段を持つ銅算は、水溺の悪霊が逃げないように退路を塞ぐ役割があるので動けないと言っていい。

中岸が持つ異能は対人戦闘においては有効だが、あの巨体が相手では接近することができず、異能の発動条件を満たすことすらできない。

そして天理と茶原は言うまでもなく戦力外だ。

それでも、ハルトは助力を求めてきた。

『お前ならできるはずだ、穂羽天理』

ハルトが天理を名指しで呼ぶ。

『――奴が再生する仕組みを看破し、俺たちを使って奴を殺してみせろ』

その言葉を聞いて、天理は思わず苦笑した。

「……ずいぶんと無茶なことを言ってきますね」

『しかし、お前が一番の適任だと俺は判断した』

「ええ、分かっていますよ」

残された面々の中で、最も悪霊に関する知識を持っているのは天理だ。

それも種類や数だけで言えばハルト以上に悪霊を見てきている。

一年という長い月日の中、数多の異界が混在する場所で過ごした経験。

あの時、天理は母の背中に隠れて逃げることしかできなかった。

ただ母の背中を眺め続けることしかできなかった。

それは今でも変わらない。

天理(てんり)自身は無力な小娘で、悪霊どころか人間相手にも容易に殺される弱者だ。

だからこそ、『逃げる』という選択肢しか存在していなかった。

しかし——

「私一人じゃないのなら、それで勝てる方法を組み上げるだけです」

候補生という悪霊と戦える人員は揃(そろ)っている。

人智(じんち)を超えた異能を宿した《霊器》も存在している。

悪霊と『戦う』という選択肢が存在している——

「——皆さんを使って、見事にあいつをブッ殺してやりますよ」

地表で蠢(うごめ)く水溺の悪霊を見据えながら、天理は不敵な笑みを浮かべた。

◇

大まかな作戦概要を説明してから、天理は一つ息を吐いた。

「……以上が作戦になります。作戦というには杜撰(ずさん)な方法ですけど」

『承知した。俺はその方法で構わない』

通信機の向こうから、ハルトの声に交じって戦闘音が聞こえてくる。単身で時間稼ぎを行っているというのに、息一つ乱れていないのは流石といったところだ。

「ハルトさん、可能な限り手加減をしてあいつの気を引いて時間を稼いでください。そうすれば悪霊は『先ほどの一撃は連続して使えない』と誤認して逃亡という選択肢を外し、一番の脅威であるハルトさんを確実に殺そうと動くはずです」

『了解した』

淡々とした返答を受け取ってから、天理は残っている面々に顔を向ける。

「茶原さん、さっきハルトさんが細切れにした肉片の臭いを嗅いできてくれますか。細かい成分は分からなくても、それが何で構成されているかは推測できると思います」

「クソがぁ……ッ!!　あんな薄気味悪いもんに近づくだけでも嫌だってのによォッ!!」

茶原が悪態をつきながら駆け出したところで、天理は銅算に向き直る。

「銅算さんは私たちに危険が及ばない限り、悪霊が海へ逃げないように陸側へと誘導しておいてください。それと『地動説』が持っている二つ目の異能ですが——」

「わしの《霊器》を向けた相手を対象として杖を回した方向に回転させるッ！　あのデカブツも吹き飛ばせるだろうが、正確な距離が分からんと使えんぞッ!!」

「問題ありません。ハルトさんの発信機から割り出すと、私たちのいる場所から悪霊との距離までは約一八〇メートル、概算ですが誤差は五メートル前後だと思います」

「それだけ分かれば十分ってなもんだわいッ!!」

歯を見せて笑いながら十字杖を突き立て、水溺の悪霊を陸地へと誘導するようにして土壁を作り上げていく。

そして——最後の一人に声を掛ける。

「中岸さん、あなたには言っておかなければならないことがあります」

表情を改めてから、天理は中岸に向かって告げる。

「あなたには《霊器》を使って悪霊の動きを止めてもらう必要があります。つまりハルトさん以上に接近する必要があり、最も危険で死ぬ可能性が高いです」

その言葉を聞いて、中岸の表情が僅かに強張る。

単純に死ぬ可能性があるというだけでなく、明らかに人間では敵わない巨大で悍ましい存在に向かって接近するだけで、普通の人間であれば本能的な恐怖を感じるものだ。

「私は今あなたに向かって『死んでこい』と言っています。そして……それを告げた私は安全な場所から動かずに悠々と眺めているだけです」

いくら天理が作戦立案に適任であると言われたところで、年端もいかない小娘から指図を受け、その指示を全面的に信用しろと言われて納得できるわけがない。

いくら状況を打破できる可能性があると言われたところで、指図をするだけで何もしない人間に「死んでこい」と言われて従う必要などない。

「私の指示は強制ではありませんし、たとえ逃げ出したとしても私は非難しません。ですが、途中で気が変わったとしたら作戦に支障が出て悪霊を取り逃がすかもしれません」

そう、真っ直ぐ中岸を見つめながら天理は告げる。

「だから——今すぐ逃げるか、それとも逃げずに立ち向かうか決断してください」

天理から視線を逸らすことなく、中岸は瞳を揺らしている。

そして、口元を震わせてから——

「そこまで、俺のことを見下げないでくれよ」

不格好な笑みを作りながら、中岸は自身の《霊器》を強く握り締める。

「古崎さんを殺すって決めた時点で……もう俺の覚悟は決まってんだよ」

身体の震えを抑えるように力を込める。

「大事な友達のために、俺が代わりに罪を購ってやるって決めたんだよ……ッ!!」

手の震えを抑えきれず、握り締めている戦斧が小さく音を立てている。

しかし、それは恐怖からではない。

古崎に操られ、多くの犠牲者を出した事実に圧し潰され、その罪悪感に苛まれている友人を救うために中岸は恩人殺しを決断した。

「——今さら、バケモノ相手にビビるわけねぇだろうが」

口元に笑みを浮かべ、天理を睨み返すようにして言葉を返した。

その言葉を聞いて、天理はゆっくりと頷く。

「……分かりました。それでは指示があるまで中岸さんは待機です。いつ悪霊に向かってもいいように心構えだけはしておいてください」

中岸が頷いたところで……茶原が息を切らせながら天理たちの下に戻ってきた。

「ぶはァッ!!　二度と嗅ぎたくないゴミみてェな臭いだったぜェッ!!」

「そのゴミみたいな臭いを可能な限り言語化してください」

「なんつーか……血やら脂肪みてェな人間の腐った臭いが大半で、そこからほんのりと磯臭さが漂っているっつーか、色々混ざりすぎてよく分からねェよッ!!」

「いいえ、それだけ分かれば十分です」

その情報と過去の経験から得た情報を照らし合わせる。

「再生、回復、復元……異界は物理法則を無視する。しかし悪霊そのものは物理的な制限に縛られる形が多い。現に今も陸地を破壊するといった物理的干渉を可能としていて、こちらも触れることができる。つまり物理的に干渉するには私たちと同じ物理法則に基づく必要があると考えられる。それなら質量保存も当てはまると見ていい。その巨体を瞬時に再生するなら、同程度の質量を補填する材料がなくてはいけない。しかし周囲に目立った変化は見られない。以前に見た悪霊は土や岩を食って身体を補填したり、周囲の熱量を奪って肉体に補填するという行動が見られた。あの巨体を再生するなら、周囲に何かしらの影響があってもおかしくはない。それが地面や岩といった物質なら銅算さんの異能自体が使えない。空気、光、塵……視覚的に見えない物質であるなら私たちの身体に何かしらの変化が起きるはずで、今のところ変化は起こっていない。どれだけ減っても見た目では分からないものによって構成されている——」

現状の情報を口に出して、断片を組み合わせて正体を作り上げていく。
そして――

「――あの悪霊は、『海水』を取り込んで肉体を再生している」


そう導き出した天理の言葉に対して、茶原が大きく顔を歪める。

「ちょっと待てや嬢ちゃん……この島に来た時、あのバケモンは『真水』と関連しているって言ってたのは嬢ちゃんだろォがよ」

「はい。『真水が意思と形を持って動く』というのが異界の特性であるのは間違いありません。ですが、それなら『地底湖』を住処としている理由がありません」

水溺の悪霊が異界の特性によって『真水』を操るのであれば、それこそ天理が想定していたように地表の湖や河川でも良かったはずだ。

しかし、水溺の悪霊は『地底湖』を住処として選んだ。

「最初は他者の目に付きにくいといった理由で選んだと考えていましたが……そもそも、あの悪霊には身を隠すような理由が一切ないんです」

これだけ肥大化したのであれば、他の悪霊も大きな脅威とはならない。

悪霊たちは候補生というイレギュラーな存在がいることも知らない。

それならば悪霊が身を隠すために選んだという可能性は除外される。

つまり、それ以外の理由で水溺の悪霊は『地底湖』を選んだということだ。

「基本的に地底湖は地表から染み出した雨水などが溜まることによって形成されます。しかし島という立地、脆い石灰岩の地層だと海水が流入してくるため、上部には真水、下部には流入してきた海水といった具合に二層構造が形成されます」

そこには異界で扱う『真水』と肉体を維持する『海水』が同じ場所に揃っている。

そして、まだ天理たちには見えていない地底湖の下部から海水を吸い上げることで水溺の悪霊は肉体を維持して再生している。

「それなら、そこのデカ爺さんが地下にある穴を塞げば奴は再生しねェってか？」

「……いいえ、その流入口を塞ぐのは現実的じゃありません。正確な位置も分かりませんし、瞬時に大量の海水を取り込んでいるのなら複数あると考えるべきです」

しかし——これで作戦の修正もできた。

「ハルトさん、聞いていましたか」

『聞こえている。用件ならば手短に言え』

「魂核を狙うような攻撃を加えて、その気配が移動した場所を報告してください。身体を海水で構成しているのなら移動に関連している可能性があるのと、中岸さんの《霊器》で動きを止めた後も移動する可能性を潰しておきたいです」

『了解した』

そんな天理の言葉に従って、ハルトは身を翻しながら歪剣の形状を変える。

刃を地面に突き立て、飴細工のように刃身を伸ばし――

「――今度は、手加減をしてやろう」

剣を引き抜き、刃についた棘たちを水溺の悪霊に目掛けて射出した。

その棘から身を庇うように脚が動き、貫かれた人面が耳障りな絶叫を周囲に響かせる。

『中心にある口腔部から、やや下方に移動だ』

「続けてください。できるだけ正確に狙って、ハルトさんが確実に魂核の場所を認識して破壊しようとしているということを悪霊に植えつけてください」

天理の言葉に従って、ハルトは攻撃を避けながら執拗に魂核を狙い続ける。

先ほどの矢では貫けない場所ならば槍の形状に変え、分厚い肉壁に覆われている場所に移動すれば槌に変えて殴り潰し、それらを阻止するために動いた鞭腕たちは枝状の刃によって容赦なく薙ぎ払って魂核に一撃を加えようと動く。

そして、天理はハルトの狙いと聞こえてくる位置を逃さないように見つめ続ける。

「右……右下部、左下部、中央……中央下部、右手前、中央、左奥、左奥下部……――」

地面に枝で書き殴り続ける。

悪霊は異形ではあるが、その思考は人間と同等で近しい。

だからこそ、思考の軌跡を読み取ることができる。

ハルトは明らかに魂核を狙っている。

その証拠に、水溺の悪霊はハルトから狙いにくい位置に魂核を移動させている。

水溺の悪霊は安全な海中に魂核を逃がしたいと考えるが――

「――カァッ!!　まったく骨が折れるわいッ!!」

銅算(どうざん)が幾度となく地面を動かし、水溺の悪霊が陸地に向かうよう誘導し続けている。

少なくとも悪霊側は「何らかの手段で地面を動かしている」と認識しているだろう。

だからこそ、魂核を海中に逃がすことができない。

ハルトが魂核の位置を把握しているため、その状況で海中に逃がそうとすれば地底湖にある海水の流入口が露見し、地面を動かす銅算の手によって完全に塞がれてしまう。

そうなったら、巨体を再生させて維持することができない。

だから魂核は中心や脚といった表に見えている部分で移動し続けている。

そして海水という無限に等しい材料がある以上、どれだけ身体(からだ)が損傷しても再生を繰り返して逃がし続けていればハルトの体力を奪って疲弊させることができる。

そうして魂核さえ守り抜けば、水溺の悪霊が敗北することはない。

だからこそ――

「――中岸(なかぎし)さん、今から銅算さんの《霊器》を使って突入してもらいます。補助を受けた後は真っ直(まっす)ぐ悪霊に向かって突っ走ってください」

そう中岸に指示を出してから、天理(てんり)はハルトに向かって言葉を掛ける。

「ハルトさん、そちらに中岸さんを向かわせるので、彼が確実に一撃を入れることができるように援護してください」

『了解した。方法はこちらで決める』

　その言葉を聞き届けたところで、銅算に向かって叫んだ。

「銅算さんッ！　中岸さんを近づけるために地面を使って運んでくださいッ!!　私が合図を出したら二つ目の異能をお願いしますッ!!」

「あい分かったァッ!!」

　ガァンッと杖で地面を打ち付けた直後、地面が中岸を乗せてせり上がる。

　そして――滑るように地面が悪霊に向けて動き出した。

　確かな加速を伴い、水溺の悪霊に向かっていく。

　天理たちが新たな動きを見せたことで、水溺の悪霊が僅かに注意を向けるが――

「まだ――そちらを向くには早いぞ」

　そんな隙を見計らったように、ハルトが巨大化させた歪剣を振りかぶった。

　その一撃によって巨大な脚を削ぎ落したが、寸前で魂核を移動させることに成功したのか、水溺の悪霊は動きを止めることなく活動を続け――

「――――ッ!?」

　向かって来る中岸に対して、勢いよく触手を伸ばしてきた。

　しかし、それは想定の内だ。

「銅算さんッ！　異能を止めてくださいッ!!」

　天理が指示を出した瞬間、中岸を運んでいた地面が崩壊して形を失った。

触手が空を切り、崩壊する土に紛れて中岸の姿が消える。

それを見て……水溺の悪霊はこう考えるだろう。

この状況で出てきたということは、先ほど自身に向かってきていた人間は何かしら状況を打開できる手段を持っている。

しかし動いていた地面が崩壊した時に手応えはなかった。

つまり人間側が意図的に地面を崩壊させたということであり、狙われないように土塊の中へと隠した可能性が高い。

その目論見を潰すなら――周囲を全て薙ぎ払ってしまえばいい。

そんな天理の予測通りに、水溺の悪霊は脚を天高く掲げて構えた。

巨脚による薙ぎ払い。

それによって、ハルトと土塊に紛れた中岸を対処しようとしたところで――

「――――今ッ!!」

既に銅算は準備を終えて、天理の合図に備えている。

「――――『廻天』ッ!!」

十字杖を水溺の悪霊に向け、勢いよく手を捻った直後――

その巨体が殴り飛ばされるように傾いた。

コペルニクスの『地動説』が持つ本来の功績。

それは――『天体の回転』だ。

惑星の中心を太陽に置き換え、地球を含んだ惑星たちは太陽を中心として運行しているとし、コペルニクスは各惑星間の距離と公転半径を割り出した。

その『太陽』こそが銅算の持つ十字杖であり、対象との距離を知ることによって回転させるのが地動説という功績が持つ二つ目の異能となる。

そうして地底湖から引きずり出されるように水溺の悪霊が浮き、傾いだ巨体が周囲の地形を抉りながら為す術なく倒れる。

そして――地底湖から引きずり出したことで、ようやく見ることができた。

巨体から地底湖に向かって伸びている太い茎。

それは毒々しい色合いの肌とは異なり、透き通った水によって構成されている。

たとえ流入口が複数あろうと、全ては水溺の悪霊に集約される。

その集約する箇所を断てば二度と再生することはできない。

それが露見したことによって……水溺の悪霊は考えるだろう。

自身の巨体を維持する部位を見て、地面を動かしていた人間が海水の供給源を断つために地面を動かしてくる。

一刻も早く自身の魂核を逃がすため、その動きに焦りが生じて――

「――お前は、既に逃亡という手立てを失った」

手にしていた《霊器》を大槌に変え、振りかぶっているハルトの姿に気づくのが遅れる。

巨体に風穴を穿つほどの一撃。

ハルトが構えている瞬間に魂核を逃がそうとすれば確実に捉えられる。

だからこそ、水溺の悪霊は魂核を本体の奥深くに移動させる。

天理の指示によって加減していたことにより、「その一撃は連続して放てない」と思い込んでおり、確実に凌ぎ切った後に逃亡するという選択肢を採る。

だが――逼迫した状況にある水溺の悪霊は気づかない。

なぜハルトが最初に見せた投擲槍ではなく、大槌という形態を選んだのか。

なぜハルトは水溺の悪霊が倒れた直後に一撃を加えなかったのか。

その僅かな間にハルトは何をしていたのか。

そして、土塊の中に消えていった人間はどこにいったのか――

「――行け、中岸友也」

大槌を振り下ろそうとした瞬間、ハルトの《霊器》が形を変える。

筐のように閉ざされていた先端が開かれたことで、その姿を現す。

「この距離だったら――外すわけねぇよなァッ!?」

《霊器》の中から飛び出し、その手に持つ戦斧を水溺の悪霊に突き刺した。

直後、水溺の悪霊がピタリと全ての動きを止めた。

『ギロチンによる人道的処刑』

中岸の異能は『静止している存在を確実に両断できる』というものだが……それを発動させるプロセスには「傷を与えた存在を『罪人』として見立てる」というものがある。

だからこそ、水溺の悪霊は動けない。

まるで首枷を嵌められ、両手を縛り上げられた罪人のように。

その巨体だけでなく――体内を駆け巡っていた魂核も完全に静止している。

「ああ――止まっている相手を射抜くほど容易なことはない」

中岸の言葉に応えるように、ハルトは既に歪剣を変貌させて構えている。

禍々しい穂先を持つ投擲槍。

その手に力を込め、黒瞳によって水溺の悪霊を見定めながら――


「――せめて、安らかに逝くといい」

囁くような言葉と共に、魂核へと向けて投擲槍を投げ放った。

分厚い巨体を穿ち進み、その最奥に格納された魂核を砕き貫く。

その瞬間――水溺の悪霊は形を失った。

毒々しい色合いの巨体が弾けるようにして海水へと変わり、音を立てながら在るべき場所へと還るように地底湖へと流れ込んで消えていく。

そして、インカムからハルトの声が聞こえてきた。

『──魂核の消失を確認した。これで状況は終了だ』

普段通りの淡々とした声。

それを聞いたことによって──

「よ……っしゃあああああああいっ！　やってやりましたよチクショーっ!!」

天理は意気揚々と声を上げた。

それを合図に、銅算と茶原も安堵したように座り込む。

「ああ、まったく……本当に大したもんじゃわい」

「くへェ……本当にいつ逃げようかと思ってたぜェ……」

そんな天理たちの様子を声から察したのか、ハルトが僅かに声音を和らげる。

『上出来だ。よくやった、穂羽天理』

「もう頭の血管ブチ切れて鼻血出そうなんですけどっ!!」

『そうか』

普段とは少し違う、苦笑交じりの返答をハルトが寄こす。

しかし、上手くいったのは奇跡と言っていいだろう。

まともに作戦の打ち合わせをする時間もなかった状況で、銅算は常に悪霊を誘導しながら的確に異能の切り替えを行ってくれたし、中岸を確実に送り届けることができたのはハルトが天理の考えを読み取って対応してくれると信じた結果だ。

「中岸さんも本当にお疲れ様でした。無茶なことをさせてしまってすみません」

『本当にな……地面に巻き込まれて埋まった時は死んだと思ったよ』

「あはは……すみません。もう二度とないというか、私も他人の命を預かって指図するとかしたくないので勘弁してもらえますかね」

そう言葉を返すと、僅かな沈黙の後に中岸が口を開いた。

『だけど、ちゃんとやりきれたから俺としても嬉しかったよ』

声を震わせながら中岸は言う。

『本当はさ……俺が本当に古崎さんを殺せるかどうか不安だったんだ。どれだけ酷いことをしていたって聞いても、俺が見てきたのは恩人としての姿だったからさ』

覚悟を決めたとしても、それは並大抵の人間が行えることではない。

それこそ天理自身、実際に母と対面したら迷いが生じないとも言い切れない。

だからこそ……中岸にとって、今回の件をやり切ることは自分の覚悟を改めて認識するために必要だったのだろう。

『だけど……これで俺は古崎さんをちゃんと止められるって分かった』

古崎は天理を殺そうとし、友人である工藤を操って多くの犠牲者を出した。

それはまさしく罪人と呼ぶに相応しい行いだろう。

それを止めることが――恩人に対する最後の礼だと中岸は考えたのだろう。

『俺の背中を押してくれてありがとうな、穂羽ちゃん』

その言葉を聞きながら、天理は静かに首を振った。

「まだお礼を言うには早いでしょう。むしろ中岸さんにとってはこれからですよ」

『ああ……確かにそうだな。こうして悪霊をブッ潰したんだから、次はどこかにいる古崎さんを見つけないと――』

そこまで言ったところで、唐突に中岸の言葉が途絶えた。

ノイズのような音がインカムから聞こえ、その声が不明瞭なものへと変わる。

「中岸さん？　大丈夫ですか？　もしかしたら、衝撃で通信機が壊れて――」

天理が通信機に向かって言葉を掛けた直後――

『――やぁ、穂羽さん』

聞き覚えのある声が、インカムから鮮明に聞こえてきた。

その声を聞いた瞬間、天理は反射的に顔を上げて中岸を見る。

遠くに見える中岸の姿。

おそらく、こちらに向かって歩き出そうとしていたのだろう。

だが――その胸は、見覚えのある短剣によって貫かれていた。

『つッ……ぁ……ッ』

中岸が発したと思われる声がインカムから届き、その直後に咳き込む音と粘ついた液体の滴り落ちる音が聞こえてくる。

『酷(ひど)いよなぁ……中岸。あれだけ良くしてやったのに俺を殺そうとするなんてさ』

ぐじゅりと肉を裂き貫く音と共に古崎の声が響く。

短剣に胸を貫かれながら、中岸は困惑した表情を浮かべていた。

『ッぁ……な、んで……ッ!?』

『ははッ！　お前は本当にバカだなぁ……海に放り出された後、工藤(くどう)を捨ててお前に憑(と)りついたってだけの話じゃないか』

中岸のことを嘲笑するように古崎は言う。

『大変だったよ。浅江(あさえ)くんに気取られないように依代(よりしろ)にしていた《霊器》の形まで崩して、下手したら何もできずに消えちまうところだったんだ』

中岸の身体(からだ)を食い破るように、その胸元から短剣がずるりと抜け出しつつある。

それを見たことで、天理は通信機に向かって叫んでいた。

「ハルトさんッ!!　今すぐ古崎さんを止めてくださいッ!!」

天理の言葉よりも早く、ハルトは瞬時に詰め寄って歪剣を振り上げるが——

『——だけど、俺は賭けに勝った』

寸前のところで短剣が中岸の胸から抜け落ち、地底湖の中に落ちて行った。

中岸の身体が力無く倒れた後も、インカムから声が響いてくる。

『君たちだったら邪魔な悪霊を倒してくれると思ってたよ。せっかく補給艦を沈めて大量の死者を作ったのに、まさか悪霊が住処にしているとは思ってなかったからさ』

海に沈んでいった犠牲者たち。

その付近の海流は島に向かっているものだった。

それは……水溺の悪霊が身体を維持するために海水を吸い上げていたからだ。

その犠牲者たちは海流に乗って島に運ばれてきている。

海流が辿る先である——地底湖の奥底に。

古崎の言葉に耳を傾けていた時、中岸を担いだハルトが天理たちの下に戻ってくる。

「中岸さんッ！　中岸さん目を開けてくださいッ!!」

口から血を流し、右胸に大きな穴を空けた中岸に呼びかける。

すると……薄く目を開けながら、中岸は細い息と共に口を開いた。

「ご、めん……おれ、そんな、気づかなくて……」

「喋らないでくださいッ！　今止血しますからッ!!」

そう言葉を掛けたものの、明らかにその傷は致命傷だった。

貫かれた右肺は完全に潰れており、傷口からは血が止め処なく溢れ、残された空気を奪うように気泡を立てている。

『ああ……そういえば中岸にも礼を言っておかないとな』

耳障りな声がインカムから聞こえてくる。

『工藤が俺に利用されていたと知ったら、お前のことだから間違いなく付いていくって言い出すと思ってたんだ。お前は正直者で正義感があって、他人のために怒れるようなお人好しの良い奴で――どうしようもないバカだったからな』

古崎の言葉に耳を傾けるように、中岸が焦点の合っていない瞳を向ける。

『だから最初は工藤に憑りついたんだ。あのデブは昔から気弱で腰抜けだったから、補給艦を爆破した時点で使い物にならないのは分かりきっていたからな』

「だ、まれ……ッ!!」

その瞳に怒気を孕ませながらも、徐々に生気が失われていっている。

そんな中岸をせせら笑うように、古崎はゲタゲタと耳障りな笑い声を上げた。

『ハハハハッ！　なんだ中岸、怒ったのか？』

「おれの、大事なダチを……バカにするんじゃねぇ……ッ!!」

古崎の言葉に反応して力を込めると、その傷口から血が溢れ出る。

しかし、その勢いは先ほどよりも弱まっている。

顔からは完全に血の気が失せ、呼吸も弱々しくなっている。

「穂羽、ちゃん……工藤のバカに、伝えて欲しいことがあるんだ……ッ」

「そんなことは自分の口で伝えればいいでしょうッ!?」

天理の叫びに対して、中岸は力無く笑うだけだった。

既に、中岸は自身の命の灯が消えつつあることを理解している。

その残り火を振り絞るように、中岸は必死に言葉を紡いでいく。

「本当は……工藤とバディを組むのが嫌だったんだ。デブで陰気そうで、イジメられても仕方ねぇ奴だと思いながら、古崎さんに任された義務感で一緒にいたんだ……」

徐々に中岸の瞳から光が失われていく。

「だけど……俺がバカなことをして暴れた時には一緒に謝ってくれたり、俺が女にフラれた時には笑いながら朝までヤケ酒に付き合ってくれたりさ……だから、そんなバカな俺と一緒にいてくれるのか不思議だったんだ」

その口元に笑みを浮かべながら、中岸は涙を流していた。

「だから……あいつが、俺のことを『親友』って言ってくれて嬉しかった」

中岸のことを親友だと思っていたからこそ、工藤は何も言うことができなかった。

どうしようもない自分と共にいて、対等な立場にいて、本当に心から笑い合える存在であったということを知ることができた。

「だからさ、工藤――」

既に失われた視界の中で、必死に手を伸ばしながら言葉を紡ぐ。

「――こんなバカと一緒にいてくれて、ありがとな」

その言葉を最期に、中岸の手が力無く落ちた。

その目からは既に生気が消えている。
僅かに聞こえていた呼吸の音も途絶えている。
『なんだ、もう死んじまったのか』
打ちひしがれている天理(てんり)の耳に、不快な雑音が聞こえてくる。
『だけど——良い暇潰しになってくれたよ』
その言葉がインカムではなく、地底湖の奥底から響き渡る。

そして——世界が変貌していった。

地響きと共に周囲の地形が組み替えられていく。
それは、煉瓦造(れんがづく)りの古めかしい街並みだった。
目の前に流れる巨大な川。
天高くそびえる時計台。
特徴的な四つの塔を持つ城塞。
荘厳な意匠を持つ寺院。
それらの特徴的な建造物たちが乱立している光景。
十九世紀イギリスのロンドン。
かつて、その時代に生きた人々を恐怖に陥れた人間がいた時代の景色。

『ようこそ――俺の異界へ』

地底湖があった場所から大きな白い影が這い出てくる。

その影は、全身に人間を括りつけていた。

腹を裂かれ、眼球を刳り抜かれ、口から杭が突き出ている骸たち。

そんな骸を纏った巨人が、白霧の大剣を手にしながら大地を踏みしめる。

『これで……ようやく俺を殺したクソ野郎をブッ殺せる』

ガタガタと骸を打ち鳴らしながら、眼下にいる天理たちを見下ろす。

その巨人を目にして、誰もが言葉を失っていた。

それは単純な大きさだけではない。

数多の人間たちの魂を取り込み、その全てを積み重ねた存在としての重圧。

周囲に流れる空気が猛毒のように感じるほどの閉塞感。

自身が持っていた《霊器》に加えて、犠牲者たちの魂と《霊器》を取り込むことによって完全な悪霊と成り果てた人間の末路。

しかし、そんなことはどうでもいい。

異形に変貌した古崎を睨みながら、天理は感情のままに叫んでいた。

「そんな目的のために……あなたは中岸さんを殺したんですかッ!!」

涙を流しながら、胸の内から湧き出る怒りを吐露する。

「中岸さんはあなたのことを最後まで慕っていましたッ！　あなたが死んだ時には真っ先に涙を流して、あなたのことをずっと信じていて、自分の命を賭してでも生き返らせようとして……あなたのことを想って、恩人を殺すという覚悟を決めたんですッ!!」

怒りのままに、天理は右手を振り抜いていた。

そして——その手の内に赤光を放つ剣が生まれる。

「中岸さんだけじゃないッ……船に乗っていた人たちも、他の候補生たちもッ！　どうしてあなたが自分で招いたくだらない死の犠牲にならないといけなかったんですかッ!!」

その手に握られた赤剣は、不思議と重さを感じることがなかった。

だからこそ、天理は自然な動作で赤光を放つ剣を掲げる。


「私は——絶対に、あなたのことを許さない」


涙を流しながら、その矛先を骸の巨人に向かって突きつける。

そんな天理の様子を見て……古崎はガタガタと骸を打ち鳴らしながら笑った。

『ハハハッ！　相変わらず威勢がいいねぇッ!!　浅江くんに殺されたのも残念だったけど、あの時に君を殺せなかったことも同じくらいに悔しいよッ!!』

その眼光がハルトから天理に対して向けられる。

『それなら——やっぱり、最初は君を殺しておくことにするよ』

靄を纏った大剣を振り上げ、天理に目掛けて振り下ろそうとし——


パチンと、どこかで聞いた音が鳴り響いた。


その直後、大剣の動きが振り上げられた状態のまま静止する。

そんな……本当に唐突な静止だった。

まるで映像を一時停止したかのような、不自然な止まり方だった。

「——んー、これでも出てこなかったかぁ」

聞き馴染みのある少女の声が聞こえてくる。

「本当に《善霊》がいるなら宿主くらい守りそうなものだし、天理ちゃんが重要だったら干渉なり介入なりしてくるだろうし、やっぱり違ったのかな？」

そんな少女の悩ましげな言葉が響いている。

「まぁいいやっ！　片付けが終わった後にでも考えよーっと！」

普段通りの華やいだ笑みを浮かべる少女。

そんな少女が、軽やかな足取りで天理たちの前に歩み出てくる。

身動き一つ取れない重圧の最中にありながらも、その表情は何一つ変わっていない。

「な、んで……？」

「あれ、やっぱり天理ちゃんは動けるんだね？」

くるりと身を翻し、リシアがにぱりと笑みを浮かべる。

その笑顔は以前にも見たことがある。

「うん、天理ちゃんが特別なのは間違いなさそうかな？　人間だったらボクの、異界の中にいる時点で思い通りに動かせるはずだし」

その笑顔と瞳の奥に見える極黒の憎悪。

そして……天理はようやく理解した。

この場を支配している重厚な存在感。

それが——眼前にいる少女によるものであると。

「イギリスかぁ……あんまり記憶にないけど、あの歌は好きだったかな」

そう、跳ねるようにリシアが一歩を踏み出した瞬間——


その地面が、地響きと共にせり上がった。


それは精緻な細工が施された台座だった。

リシアが一歩を踏み出す度に台座がせり上がり、進むべき道を組み上げていく。

「——《誰が駒鳥を殺したのかしら？》」

清らかな歌声に合わせて、台座が主(あるじ)を迎え入れるように積み上がっていく。

「《それはボクです、と雀は言いました》」

それが当然であると言わんばかりに、その頂上に向かって歩みを進めていく。

「《弓と矢でボクが駒鳥を殺しました》」

そんなリシアの姿を、天理は眺めていることしかできなかった。

言葉を発しようとしても、自分の意思で口を動かすことができなかった。

この場にある全てが支配されている空気。

全ての頂点に座する、絶対的な存在感――

「――《空から舞い降りて、憐れな駒鳥を弔いましょう》」

そう歌を締め括って、リシアは台座の頂点で立ち止まった。

その頂に置かれている――古びた《玉座》の前で。

その玉座に、リシアは躊躇うことなく悠然と腰を下ろす。

それが当然であるかのように。

それが本来の在るべき姿であると示すように。

その頂から世界の全てを見回すように。

「さて――もうみんな動いていいよ」

リシアが軽い言葉と共に手を打ち鳴らすと、全身を包んでいた違和感が消え失せた。

止まっていた時が動き出したかのように、ようやく心臓の鼓動や空気の流れを感じ取ることができるようになった。

だが――その中で、いまだに静止している存在がいる。

大剣を振り下ろそうとしたまま固まっている骸の巨人。

『なにがッ……おいッ！　何をしやがったッ!?』

そんな古崎の言葉が聞こえてくるというのに、骸の巨人は微動だにしない。

その様子を見て、リシアは静かに目を細める。

「――誰が喋っていいなんて言ったんだい？」

そうリシアが軽く手を振り下ろした直後――

轟音を伴いながら、玉座へと傅くように骸の巨人が倒れ伏した。

「今はボクが目の前にいるんだから、ちゃんと頭くらい下げなよ。悪霊になったばかりで知らないとはいえ、ボクとキミでは歴史の重みってのが違うんだからさ」

リシアの言葉に呼応して、その巨体から肉と骨が圧し潰される異音が響き渡る。

それがリシアの手によってもたらされているのは明白だった。

「それが――『王』に対する敬意ってものだ」

骸の巨人を《玉座》から見下ろしながら、リシアは口端を吊り上げる。

その無様な姿を嘲笑うように。

自分こそが上に立つ者であると示すように。

それは圧倒しているという次元ではない。

全ての頂点に立つ『絶対』と呼ぶに相応しい力。

「勘違いしているみたいだけど、キミはボクが用意した道具なんだ」

つまらなそうに骸の巨人を眺めながら、リシアが指をパチンと鳴らす。

その瞬間、古びた街並みが音を立てながら崩壊した。

やがて街が分解されて元に戻り、変貌した風景を修復していく。

そして……眼前に広がっていた異質な世界は完全に消え去り、天理たちが今まで見ていた島の風景に戻っていた。

「キミは目的を果たすための試金石、それも小さな疑念を潰すためだけにボクが用意して、役割を与えたってだけ。そんな石ころみたいな存在が目の前に転がってきたら――」

そんな言葉と共に、リシアは笑みを浮かべながら頬杖をつく。

「――目障りだから、蹴飛ばしても仕方ないよねぇ？」

為す術なく地面に押さえつけられている古崎に対して、嗜虐的な笑みを向ける。

そこでようやく、古崎は彼我の実力を察したのだろう。

目の前に鎮座する少女が
『ま、待ってくれッ！　俺は――』

そんな命乞いの言葉は最後まで続かなかった。

「もう潰していいよ——《王敬の金字塔(レクス・ピラミス)》」


その言葉に従うように、骸(むくろ)の巨人に鎮座していた物体が姿を現した。

それは——純銀に輝くピラミッドだった。

それがゆっくりと降下を始め、その肉体を地面に向かって押し潰していく。

もはや、断末魔の声すらも上がらなかった。

ただ為(な)す術(すべ)なく、純銀のピラミッドに巨体が呑(の)み込まれていく。

そして……僅かな地響きの後に、その姿は跡形もなく消えていた。

何もできない、抗(あらが)うことさえもできない。

絶対的な『王』の力によって、その魂は潰(つい)えてしまった。

それを行った当人は、もはや目をくれることもなく退屈そうに欠伸(あくび)をする。

「ふぁーぁ……結局何も収穫は無しかぁ。まぁ天理(てんり)ちゃんはボクも気に入ってるし、違うのなら使い道だってあるから構わな——」

そう退屈そうに頬杖(ほおづえ)をついていたリシアに対して——

その玉座に向かって、土壁が意思を宿すように襲い掛かっていった。

「おぬしが——『王霊』ということかッ!!」

十字杖を地面に打ち付けている銅算の姿。

しかし、その土壁はリシアに届かない。

二人の間に飛び込んだ黒い影。

大槌を手にしたハルトが土壁を叩き潰し、蠢いていた土壁が形を失って崩落する。

「あはっ、ハルトくん助けてくれたんだっ！」

「…………ああ」

嬉しそうに笑うリシアとは対照的に、ハルトは険しい表情を浮かべている。

「退け、赤兼銅算。こいつに手を出そうと考えるな」

「ハッ……それは無理な相談だと――」

「手を出すなと言っているんだッ!!」

最初、その言葉を発したのがハルトだと気づけなかった。

切迫した怒号。今までに一度として見せたことがない、焦りと苦渋に満ちた表情。

そんなハルトの姿を眺めながら、リシアはくすくすと笑い声を漏らしていた。

「うんうん。ボクが機嫌を損ねたら何が起こるか分からないんだもん。だからハルトくんは絶対にボクを守らないといけない」

くすくす、くすくすと……リシアは嬉しそうに台座の上で笑っている。

そんなリシアを見上げながら、天理は静かに言葉を投げかけた。

「……あなたが『王霊』だったんですね」

「うん。ボクが世界を壊した元凶ってやつさ」

「それで……これまでのことも、全部あなたが仕組んだってことですか」

声を震わせながら天理が尋ねると、リシアがふにゃりと顔を歪ませた。

「もしかして天理ちゃん、怒ってるの？」

「当たり前でしょうッ！　あなたのせいで何人もの人間が死んだんですッ!!　補給艦に乗っていた人たちも、銅算さんの班にいた人たちも、そして中岸さんもッ――」

「だったら、全部元に戻してあげたら問題ないってことだよね？」

リシアが軽々しい言葉と共に指を鳴らした直後――

「――かはッ!?」

倒れていた中岸が、思い出したかのように息を吐き出した。

そして地面に流れていた夥しい量の血が中岸の身体に向かって戻っていく。

「ほら、ちゃんと生き返らせてあげたから怒らないでよ」

そう言って、にぱりと無邪気な笑みを向けてくる。

「うーん……このままだと帰るのも面倒だしね。補給艦も元に戻して、乗っていた人たちも生き返らせてあげるよ。おじいさんの仲間についてはどうでもいいけど、天理ちゃんに良い所を見せたいから特別サービスってことにしてあげるっ！」

ぺちんと胸の前で手を叩き、嬉しそうに笑いながら言う。

しかし……その笑みはどこか歪んでいる。

まるで壊した玩具を直しただけと言わんばかりで、そこには罪悪感が欠片もない。

「聞け、穂羽天理」

呆然と立ち尽くしていた天理に対して、ハルトが言葉を掛けてくる。

「現在……いや、十年前から人類は存亡の危機にある」

それは世界が唐突に壊れてしまった時のことだ。

それによって生者と死者の境界が曖昧になってしまった。

人智を超えた法則。

その法則を有する世界を、天理たちは誰よりもよく知っている――

「――『王霊』が創り出した異界は、地球全体を覆う規模で展開されている」

そう、ハルトは絞り出すような声音で告げた。

それがどのような意味を持つのか、その場にいる誰もが理解できた。

島全体を覆っていた水溺の悪霊でさえ、容易に対処できる存在ではなかった。

地球全体を覆うほど巨大な異界を形成する存在。

それは――もはや人間が対処できる範疇を超えている。

「今も全世界にいる約八十億人が生存しているのは『王霊』の気まぐれに過ぎない。世界に存在する全ての人間は『王霊』の手によって完全に掌握されている」

だからこそ、ハルトは銅算たちでは対処できないと断言した。

その気まぐれを起こさないようにリシアを守った。

「現状では『王霊』に対抗する手段が存在しない。唯一の手段はリシアを生者として蘇らせ、再び葬ることだ」

ハルトと初めて出会った時に聞いた言葉。

『リシアを生き返らせなくてはいけない』

それ以外に世界を救う手立てはないと、ハルトは最初から知っていた。

しかし、一つだけ疑問がある。

「どうして……それを私に伝えたんですか？」

ハルトはそれらの事実を語る前に、『穂羽天理』と名前を呼んだ。

この場にいる誰でもない、天理に対して言葉を向けてきた。

そんな天理の問いかけに対して、ハルトは口元に笑みを浮かべる。

「今しか伝えることができない。そして次に目が覚めた時、俺はお前の疑問に対して一切答えることができなくなっているだろう」

その笑みは諦観に近いものであった。

しかし、その黒瞳には僅かな光が灯っていた。

「お前ならば……もう一つの方法による討伐を成し遂げることができるかもしれない」

視界の端で、リシアが指先を構えるのが見える。

それでもハルトは言葉を止めない。

そして、世界の全てを支配する力が振るわれる直前――

「──歴史の空白を埋めて、『王』の創り出した異界を解き明かせ」

その言葉を最後に、天理の視界は暗転した。

●終章　少女Aに関して　Q．E．F．

天理が目を覚ました時、そこは補給艦のベッドの上だった。

寝心地の悪い無骨な補給艦のベッド。

「──目が覚めたか、穂羽天理」

そう声を掛けられ、天理はゆっくりと顔を向ける。

普段通りの仏頂面。

パイプ椅子に腰かけているハルトの姿があった。

「あれ……どうして……？」

「島の悪霊を討伐した後に気絶したので、俺たちの手で補給艦まで運搬した。おそらく過度の緊張と疲労によるものだろう」

ハルトは淡々とした言葉で状況を説明してくる。

「──違う」

しかし、天理はそう言葉を返していた。

「どうして……補給艦があるんですか」

「……………何を言っている？」

天理の言葉に対して、ハルトが怪訝そうに眉をひそめる。

その反応を見て──天理は全てを察した。

「……ハルトさん、今までの経緯を全て説明してくれますか」

「…………今までの経緯？」

「なんでもです。説明してくれないなら面倒なくらい暴れます」

「補給艦に乗って島へと接近し、俺たちが先に揚陸艇で上陸。そして島の港付近に赤兼銅算たちが上陸した後、共同して島の悪霊を討伐した」

「それは、どうして協力することになったんですか」

「島の悪霊が地底湖に潜伏しており、単独では逃亡される危険性があった。それを防ぐために赤兼銅算の異能に助力を得る必要があった」

「どうやって、銅算さんの異能を知ったんですか」

「お前からの情報提供だ。赤兼銅算が手にしていた《霊器》から情報を読み取り、その異能がニコラウス・コペルニクスの『地動説』であると割り出しただろう」

「それなら……古崎さん、古崎賢治さんはどうなったんですか」

天理がその名を口に出すと、ハルトは決定的な言葉を口にした。

「――――それは誰だ」

そうハルトは澱みなく答えた。

その表情に嘘偽りはない。

そんなことでハルトは嘘を言わない。

だからこそ──それが事実であると容易に理解することができた。

「……すみません。ありがとうございました」

「なぜ、そんなことを訊いてきた」

「……いいえ、特に理由はないです」

「お前は理由もなく、既に明らかとなっている事実の確認などしないはずだ。少なくとも俺は『穂羽天理』という人間をそう評価している」

そう語ってから、ハルトは僅かな間を置いてから口を開いた。

「お前は……リシアについて何かを知ったのか」

天理は言葉を返さない。

返すことができない。

まるで本能が拒むように、その言葉が喉の奥に引っ掛かって出てこない。

全て覚えているのに、その事実を告げることができない。

そして──

「──天理ちゃんには何も答えられないよ」

不意に部屋の中で声が響き渡った。

そちらに視線を向けると……リシアが普段と変わらない表情で立っている。

嬉しそうに、少女らしい無邪気で華やいだ笑みを浮かべながら。

「ハルトくんと同じように、天理ちゃんにも強めに『命令』させてもらったからね。他には何もしてないから安心していいよ」

前にハルトは天理の疑問に対して『答えることができなくなっているだろう』と言った。

それが今、天理の身にも起こっている。

「本当なら何もできないように命令で従わせるのが確実だけど、そんなことをして二人が壊れちゃうのはボクとしても不本意だしね？」

そんな以前と変わらない笑顔と共にリシアが近づいてくる。

しかし、既に天理は知ってしまっている。

その正体が世界を変貌させた元凶であることを知っている。

「ハルトくん、天理ちゃんと少しお話ししてくるけどいいよね？」

「……穂羽天理に何をするつもりだ」

「む……そんなに怒らなくてもいいじゃん。今のところ天理ちゃんはボクの『敵』ではないって分かったし、何かするつもりならもう殺しちゃってるよ」

そうリシアは平然と言う。

「ボクの『敵』以外は殺さないってのがキミとの『約束』だ。ボクはそれを違えるつもりはない。たとえキミがボクに対して不信感を抱いていようと、その全てを忘れてしまっていたとしても……ボクが決めたことであるなら、それは『絶対』だよ」

厳然たる口調で告げた直後、リシアは再びにぱりと笑みを作る。

「んっ！　それじゃ天理ちゃん行こっか！」

「……そうですね。私も色々と訊きたいことがありますから」

ハルトに視線を向けながら言うと、向こうも静かに頷き返してくる。おそらくリシアが危害を加える可能性は低いといった意味だろう。

そして、天理は差し出されたリシアの手を取った。

無骨な艦内を進み、甲板に出たところでリシアが楽しげに語り掛けてくる。

「ボク、ずっと気になってたんだ。なんで天理ちゃんはボクが見えてるんだろうってさ」

それはリシアと初めて出会った時のことだ。

リシアに声を掛けられた時、天理はその姿を見つめ返した。

そしてリシアは声を掛けた側であるにもかかわらず、驚いたような反応を見せていた。

まるで、見つめ返してくるとは思わなかったと言わんばかりに。

「ボクのことは本当だったら誰にも認識できないんだよ。そうなるようにボクは異界を組み上げたし、たとえ《善霊》に選ばれた候補生であっても例外はないはずなんだ」

山中の異界に赴いた際、古崎はリシアについて一切触れなかった。

登録されていた『浅江遥斗』という名前から、男性であったハルトに言及するのは分かるが、同行しているリシアに対しても何かしら言及していても不思議ではない。

それは他の候補生たちも同様で、リシアは気絶していた天理のことを介抱していたというのに誰も気に留めておらず、他者が代わりに介抱することもなかった。

茶原が宿舎の食堂へ訪れた時も、リシアに対して一切触れることはなかった。

甲板で銅算たちと会った時にも、リシアは誰にも触れられなかった。

天理がリシアに対して明確に喋りかけている時も、誰一人として気に掛けなかった。

だから茶原はクッキーを受け取った時、天理に対して怪訝そうな表情を浮かべていた。

リシアだけでなく……対話をしていた天理の言葉さえも捻じ曲がって他者に認識されてしまい、リシアという存在は徹底的に秘匿されていた。

「それなのに天理ちゃんはボクのことが見えているし、常に認識し続けることができる。だから色々と手を打って確かめようとしたんだ」

「……それに使われたのが、古崎さんだったということですか」

「うんっ！　大正解っ!!」

くるりと身を翻し、リシアがあどけない笑顔と共に手を打つ。

「別に期待はしてなかったけど、あそこまで上手く動いてくれるとは思わなかったよ。最初から天理ちゃんを殺そうとしたり、自分の身を悪霊に変えてまで復讐を果たそうとしたり、まぁ最後はイラっとしちゃったから殺しちゃったけど――」

「別に余計なことは語らなくてもいいですよ」

自分でも驚くほど冷ややかな声で、天理はリシアの言葉を遮る。

「どちらにせよ、私はリシアさんが行ったことについて許すつもりはありません」

「……まだ怒ってるの？　ちゃんと元通りにしてあげたのにさ」

「そうですね、きっと元通りなんだと思います」

　そう、僅かに目を細めてから──

「──ちゃんと、古崎さんが生きている世界に戻ったんでしょうから」

　その言葉を聞いた瞬間、リシアの表情が僅かに変わった。

　その反応を天理は見逃さない。

「私は目が覚めた時、ハルトさんに古崎さんの行方について尋ねました。それに対して、ハルトさんは『それは誰だ』という言葉を返してきました」

　その言葉に嘘はない。

　それは本当に『古崎賢治』という人間を知らないといった様子だった。

　つまり──

「古崎さんは、本来であれば候補生になっていなかったんでしょう？」

　ハルトは銅算と対面した時、その名や経歴についても細かく口にしていた。

　おそらく他の候補生たちについて、ある程度の下調べを行っていたのだろう。

　それならば、一度調べた人間に対して『それは誰だ』とハルトは言わない。

　候補生たちがハルトの目的を果たす上で障害となる可能性がある以上、その情報を「記憶しない」という選択は採らない。

「リシアさん、私って観察力だけじゃなくて記憶力にも自信があるんですよ」

トントンと、こめかみを軽く叩きながら笑みを浮かべる。

それは無力な天理にとって、唯一の『武器』だと言えるほど絶対の自信を持っている。

「リシアさんは初めて出会った時から、私の正体について疑念を抱いていた。だから幼少期に僅かながら接点のある古崎さんに目を付けて、何かしらの手を加えたんでしょう」

天理と接点がある人間なら、あの場には保護者である片桐もいた。

それこそ古崎に対して行ったように、何かしらの形で片桐を手駒のようにしてしまえば天理に対する切り札にもなったはずだ。

それでも、リシアは僅かな接点しかない古崎を選んだ。

古崎しか選ぶことができなかった。

「あの時点では私に疑念を抱いていると悟られるわけにはいかない。だから、あなたは力を使っても私に対して影響の少ない古崎さんを選ぶしかありませんでした」

リシアが異界の力を使って片桐に手を加えてしまえば、共に過ごしていた天理にも何かしらの影響が出ることを危惧した結果の選択だった。

そして幼少期に数回顔を合わせて、いくつか言葉を交わした程度の相手なら記憶も薄れているだろうという考えもあったのだろう。

だが、天理は古崎のことを覚えていた。

そして、あの時点ではリシアの知り得ないことがあった――

「——彼は、本来なら候補生たちに対する詳細説明を行う立場だったんですよ」

防衛大臣の説明が終わった後のアナウンス。

そこでは確かに『坂上賢治三等陸佐』という名が呼ばれていたにもかかわらず、説明会で詳細説明を行ったのは別の人間で、後に会った当人は自衛隊を辞めて『古崎賢治』という候補生として現れた。

それによって、天理は自身の疑念に確信を持った。

「私は先ほど言った通り記憶力には自信がありますし、古崎さんの旧姓についても合致していました。それならば——疑うのは私の記憶ではなく世界の方だと考えました」

その違和感を天理は捨て置かない。

気のせいとして片づけるのではなく、徹底的に思考して原因を究明する。

「その疑念が世界そのものに原因があるなら、それは『王霊』によってもたらされたものであり、古崎さんの件と照らし合わせれば異界の内容についても推測が立てられます」

自分の記憶とは異なる事実。

全てが元通りというリシアの言葉。

それらから導き出した異界の性質——

「——あなたが行ったのは、『歴史の改変』ですね？」

リシアは何も答えない。

それでも天理は言葉を続ける。

「正確には改変だけでなく、もっと多くのことができると考えています。改変前の歴史を一時的に保存したり、今回のように歴史を呼び出して元に戻したりと、あなたの意思で自由に歴史を組み替えることが可能なのでしょう」

リシアに向かって、天理はパチンと指を打ち鳴らす。

だから、これまでに起こった事実は無かったことにされた。

改変を受ける前の坂上賢治は『古崎』として候補生になっていないことから、ハルトの手によって首を刎ねられて死ぬこともなく、死後に工藤を操って補給艦を爆破することもなく、中岸が無残に胸を貫かれて絶望のまま死んでいくようなことも起こらない。

そうして整合性の取れた歴史に組み直された。

「おそらく改変を行える範囲は異界が形成された十年前から現在まで。そうでなければ自身が殺された時の歴史を改変すれば済むので否定されます。そして改変後に時間のズレなどが起こっていないことを踏まえると、あなたの異界は事象の巻き戻しといった『時間』に関連したものではなく『歴史改変』であるという結論に辿り着きます」

リシアとの会話で拾い上げた情報で組み上げた考察を天理は語る。

実際のところ、考察というより妄想という言葉が正しいほど強引なものだ。

しかし、リシアの異界が『歴史』に関連していると考えたのには理由がある。

「以前、リシアさんは私に対して『空白の三十万年』について語ってくれましたね」

三十万年以上前に人類の祖先であるホモサピエンスは誕生しながらも、人類が『文明』を持ったのは僅か数千年前の出来事だった。

それも世界各地で示し合わせたかのように次々と文明が起こっていった。

そんな——世界各地で文明が起こるきっかけのような出来事が過去にあった。

その出来事についてもリシアは語っていた。

「空白の歴史の中に消えてしまった『王』が殺されたことによって……既に文明を持っていた人間が世界中に散らばり、世界中で文明が築き上げられていった」

だからこそ、リシアは《善霊》たちと同じように霊体を手に入れることができた。

他者とは比べ物にならないほどの巨大な功績。

その名が歴史の中に消え去ろうとも、今この世界に生きている全人類が無意識下で理解している、現在の世界を創り上げた礎とも呼べる功績——

「——『文明の起源』、それがあなたの持つ功績です」

真っ直ぐ、眼前に立つ少女を見据えながら静かに告げる。

そして——

「——やっぱり、天理ちゃんは賢い子だね」

そう、リシアは笑みを浮かべながら答えた。

「キミのことを調べるために情報を与えちゃったとはいえ……まさか異界のことまで完全に見抜かれるとは思わなかったよ。本当にお見事だ」

天理を称賛するように手を打ちながらリシアは笑う。

「それで、ボクの異界と正体が分かった上で天理ちゃんはどうするんだい？」

「……自分でも理由は分かりませんが、私はあなたが行った『歴史改変』を認識することができます。下手なことをすれば情報を与えて異界を完全に攻略されますよ」

「なるほどね。それを明かせばボクが下手なことをできないって考えたわけだ」

嬉しそうにリシアは声を弾ませてから――

「――だけど、この場で天理ちゃんを殺せば問題ないよね？」

無邪気な笑顔を浮かべながらも、その翠玉の瞳には明確な殺意が見える。

その殺意に気圧されそうになりながらも、天理は毅然とした態度で言葉を返す。

「……いいえ、リシアさんは私のことを殺せません」

「どうしてそんなことが言えるんだい？」

「リシアさんは私から引き出さないといけない情報があるからです」

興味を抱いた理由は、本来なら認識できないはずのリシアを見ることができたのがきっかけだったのだろう。

だが、そこで天理に焦点を絞って調べようとした理由は別にある。

天理が持っている唯一無二の情報。

十年前にリシアが地球全体を覆う異界を創成し、その二年後に突如として世界各地で起こった未曾有の全世界同時多発失踪事件――

「――『異界事変』の詳細を知るまで、あなたは私を殺すことができない」

おそらく、それはリシアにとって想定外の出来事だったのだろう。

自身が想定していなかった『異界事変』に関連している唯一の人間だからこそ、リシアは天理に対して疑念を抱いた。

だからこそ用心深く、手の込んだ方法を採ってまで天理のことを探ろうとした。

「そうだね。ボクが異界を創り上げた後に妙なことが起こって、しかも《善霊》なんていう者たちまで現れた。それを偶然なんて言葉では片づけられない。だから何かしらの確証を得られるまで天理ちゃんを殺せない」

「そして私から無理やり情報を訊き出すこともできません。私は本当に巻き込まれただけで何も知りませんし、それこそ『命令』とやらでも無理でしょう」

しかし、天理が特異な人間というのは明らかだ。

悪霊や異界に精通しているハルトでさえ『歴史改変』を認識しておらず、リシアが手を回してまで正体を見極めようとしていたことから見ても間違いないだろう。

それほどまでに、リシアは『異界事変』に関する情報を重要視している。

殺せばそこで終わりだが、生かしておけば情報を得る足掛かりになるかもしれない。

その可能性をリシアは捨てきることができない。

それが自身を殺した者に繋がるという疑念を拭うことができない。

「うん、本当に天理ちゃんはすごいと思うよ。ボクが『王霊』であるということを知って、その力を間近で見たはずなのに……怖気づいた様子の一つもない」

楽しげに目を細めながら、リシアはくすくすと笑みを漏らす。

「そして今の話を語ったことで自分が殺される危険性を下げただけじゃなく、今もボクの反応を窺って自分の考えが正しいかどうか見極めようとしている」

そう、翠玉の瞳で天理のことを真っ直ぐ見つめながら――


「――ボクの異界が、何個あるのか確かめようとしている」

リシアの創り上げた異界について、天理は『歴史改変』だと考察した。

しかし、それだけでは足りない。

先ほど語った内容には当てはまらない出来事が十年前に起こっている。

そして――それは今も続いている。

「死者が現世に現れる……ボクの異界について考察したのなら、それが含まれていない時点で天理ちゃんは確実に二つ以上の異界が形成されていると気づいている」

リシアが創り上げた異界は一つではない。

自分を殺した存在を確実に捕らえるため、そして再び自分が殺されないようにするために、複数の異界を創り上げて世界全体を覆っている。

だからリシアは天理のことを殺さずに置いておくことができる。

たった一つの異界を見破られたところで、まだリシアが創り上げた異界は残っている。

「それを語った以上、ボクが安易に情報を渡すことはない。キミは自身の一時的な安全と異界に囚われている八十億人を守るために、ボクから情報を得られなくなったわけだ」

天理がリシアの創り上げた異界さえも看破できると分かれば、下手に異界を使おうとすれば天理に情報を与えることになり、その行動に大きな制限を掛けることができる。

それで古崎や中岸たちのように、他者が弄ばれるようなことは無くなる。

しかし、天理は『歴史改変』以外の異界に関する情報を得る機会を失った。

「ボクはキミのことを素直に称賛するよ。このボクに対して駆け引きを行っただけでなく、一時的とはいえ自分と他の人間まで守るという成果を挙げてみせたんだからね」

称賛の言葉と共に、リシアは軽く手を打ち合わせる。

「それで——キミはどんな取引を持ち掛けようとしているんだい？」

興味深そうに翠玉の瞳を細めながら天理を見つめてくる。

「ボクから情報を引き出して異界を解くという可能性を潰してまで、キミはハルトくんの時と同じように自身の安全を確保しつつ、殺す以上の価値が自分にはあると示してきた。それは恐れ多くもボクと対等な立場で交渉を持ち掛けるためだ」

別に天理は見ず知らずの八十億人を守ろうと思ったわけではない。

世界を救うとか、自身を犠牲にしてでも全ての人間を守りたいとか、そんな英雄願望など持ち合わせたことはない。

それが自分にとって最も安全で、目的を果たす上で最善の選択だと考えたからだ。

「……あなたが望んでいる『異界事変』の情報とは、私の母親を探すという目的とも合致しています。その点において私たちが敵対する必要はありません」

「なるほど、つまり協力する意思はあるってことでいいのかな？」

「はい。『王』の力を以って私の命と安全を保障するのであれば、あなたが求めている『異界事変』の情報だけでなく『王』を殺した者に関する情報と考察を提供しましょう」

「ふんふん。だけど素直に協力したくはないって感じだね？」

「……ええ。少なくともあなたが行ったことは決して気分の良いものではありませんし、それがあなたの人間性であるなら協力に値しない人間だと私は思っています」

「それじゃ、今回みたいな他者を利用することはしないと『約束』しよう」

そう言って、リシアはにぱりと笑みを浮かべる。

「そこらの口約束じゃない、ボクが『王』として交わす『約束』だ。ボクの言葉は絶対であり、世界における真理であり、何が起ころうと不変でなくてはいけない。だからボクがキミとの約束を違えることはない」

口端を吊り上げながら、リシアは笑みを浮かべる。

その言葉を違えることは、絶対的な『王』である自身の存在を曲げることになる。

だからリシアは絶対に約束を違えない。

そして、そんな『約束』はリシアにとって些事でしかない。

たとえ自身に制限を課したところで、『王』の絶対的な力は揺るがない。

「他にも何かあるなら遠慮なく言っちゃっていいよ？　多すぎると面倒だから嫌だけど、それでキミの協力を得ることができるのなら安いからね」

「ずいぶんと高く評価してくれるじゃないですか」

「そりゃボクと対等に交渉しようなんて面白いことを考える子は初めてだからね。キミの能力だけじゃなくて、そういった人間性が面白いと思ったからボクも応じてるわけさ」

それこそリシアの能力は圧倒的だ。

たとえ天理がいなくても、いずれ真実に辿り着いて自身の仇を確実に討つだろう。

だからこれはリシアにとって『遊び』の一つでしかない。

つまらないゲームに対して、自身に縛りを与えて楽しむのと変わらない。

「それなら……『歴史改変』の異界は私が許可した時以外は使わないでください。あまりに目まぐるしく環境が変わると状況整理で時間が取られますからね」

「それも別に構わないよ。どうせ天理ちゃんにはバレちゃってることだし、世界そのものに手を加えるのは目立ちすぎちゃうからね。それについても『約束』しよう」

そう、あっさりとリシアは天理の申し出に応じた。

傍から見れば何よりも強大な力であるというのに、それを容易く切り捨てることさえもリシアにとっては些末なことだと示している。

そんな圧倒的な力を持つ『王』だというのに——

リシアは今も自身を殺した存在のことを警戒している。

自身の存在を他者には認知できないようにし、ハルトを候補生として指名して表に立たせて、自身の情報を秘匿しながら相手の情報を探っている。

しかし——裏を返せば、『王』の力が絶対ではないということでもある。

天理が『歴史改変』を認知できたように、その絶対的な力にも瑕疵が存在している。

だからハルトは天理に託した。

『歴史の空白を埋めて、『王』の創り出した異界を解き明かせ』

そこに『王』を止める手段があると示してきた。

だから天理は追い求めなくてはいけない。

もしもそれを果たすことができなければ——

「さて……これでボクたちは改めて協力関係になったわけだ。キミなら確実にボクの望みを叶えてくれると期待しているよ」

そう、リシアは少女のように可憐な笑みを向けてくる。

「だけど、それができなかった時は分かっているよね——天理ちゃん？」

可憐な笑顔の奥に憎悪を宿しながら語り掛ける。

きっと、ハルトも同じような重責を負っていたのだろう。

世界を救うためには『王』を殺さなくてはいけない。

しかし『王』を殺すためには、『王』の言葉に従わなくてはいけない。

「ボクは今の世界も嫌いじゃないんだ。ボクの死によって繁栄したキミたちはボクの臣民も同然であり、多くの過ちや間違いを繰り返しながらも歴史を紡いできたわけだからね」

しかし、全ては『王』の死によって始まった。

そして今まで続いてきた世界は『王』の死を礎とした上に成り立っている。

「だからボクは機会を与えてあげた。『王』の死によって繁栄した人類たちならば、『王』を殺して利用した大罪人を差し出すのが礼儀というものだからね」

それが『王』から与えられた恩赦の条件だ。

だから『王』と交わした約束を違(たが)えることは決してできない。

その言葉は絶対なるものとして実現される。

「だから、もしもキミたち人類が『王』への礼さえ尽くせない不敬な者たちなら――」

そうして、リシアは言葉を切ってから――

「――キミたちの築いた時間がゼロになるまで、キミたちの世界を壊してあげる」

どこまでも無邪気で、誰よりも残酷な笑みを浮かべながら告げた。

●あとがき

平素よりお世話になっております、藤木(ふじき)わしろでございます。

こちらでは三年ぶりに新作を書かせていただいたわけなんですが、まず今作について最初に注意喚起という名の呪文を詠唱させていただきます。

今作の「候補生さま」は歴史上の偉人等が出てくる作品となっており、下調べ等も行って書かせていただきましたが、それらの情報に基づいて作者が独自に解釈している部分も多々あるため、歴史上の事実とは異なる点も多分に含まれているフィクションです。

つまり他の人に「実はこうだったんだぜ！」と自慢げに話すと、それらを専門に学んでいる方々から怒られて赤っ恥をかくと思われるのでご注意ください。

おそらく皆さんは霊長類最高峰の頭脳を持つ「人間」として「気になったら調べる」という非常に賢い選択ができる方々だと思いますが、念のために注意喚起をしておこうと思った次第です。ちなみに私はチンパンジーと良い勝負ができる自負があります。

ともかく「興味を持って調べる」ということは素晴らしいことなので、もし学生さんとかが読まれていたら速やかに実践してみると人生が豊かになって運気が回ってきてお金持ちになって彼氏彼女ができて学業や仕事が成功するようになります。こちらは個人差があるのでクレームとかはマジ勘弁でお願いします。

そんなこんなで「読んでくれた人が興味を持ってくれたり、授業とかで名前を聞いた時にテンション上がってくれたら嬉しいな」という感じで書かれた作品となっております。

この三年間で無駄にあとがきを埋めるのが上手くなりました。

とりあえず、今回は謝辞が多いので早めに移っておきましょう。

編集様。最初の企画から内容が三回ほど変わり、本文については三回の没があり、文章関連のファイル数だけで百を超えていましたが、どうにか形にできてよかったです。根気強く付き合っていただきありがとうございました。

イラスト担当の「にの子」様。作品の都合上、色々と面倒な指定出しつつ男女混合で大量のキャラデザをお願いしたにもかかわらず、とても素晴らしいイラストの数々を仕上げていただき、本当にありがとうございました。加我地を毎日拝ませていただいております。

そして今作を担当してくださった校正様。私の拙い文章だけでなく、偉人等様々な部分において指摘と修正案を提示していただき、本当にありがとうございました。全ページに平均五個以上あって心折れかけましたが、次回もありましたら対戦よろしくお願いします。

そして今作に携わっていただいた多くの方々。今作を手に取ってお読みいただいた方々に、最大の謝辞を送らせていただきます。

藤木わしろ

●候補生さま、裏話の時間です

※こちらは本文前にお読みになると、世界観とキャラがブッ壊れるものになります。

リシア「裏話の時間だああああああああああああああいっっ!!」
天理「えぇ……テンションたっかぁ……」
リシア「そりゃテンションも上がるさっ！　なにせ今のボクたちは自由だからねっ！」
天理「具体的にどれくらい自由なんですか？」
リシア「メタ発言とかキャラ崩壊してもいいくらい自由っ!!」
天理「思っていた以上に自由な権限もらってきましたねぇ……」
リシア「なんか編集さんに『ページ余ったからどうする？』って言われて、作者があとがきのページ数を増やしたくないって理由で生まれた苦肉の策らしいよっ！」
天理「……いや、なんか設定資料とかそういうの付ければいいんじゃないですか？」
リシア「それはそれで作るのめんどくさいんだってさ！」
天理「ここで作者の住所公開して『働け暇人』って手紙を読者たちに送ってもらうのが最高の報復なんじゃないかと思えてきました」
リシア「ともかく、そんなこんなでボクたちに自由時間が与えられたわけさっ!!」
天理「はぁ……ですが、会話だけなら私とリシアさんじゃなくてもいいですよね？」

リシア「残念なことに、ボクたちを除くと三文字で返答する会話に不向きな人間と、文字にすると入力が面倒なセリフのブサイク犬くらいしかいないんだよね」
天理「私たちしか選択肢がなかったんだなぁ……」
リシア「まぁボクたちが基本的に喋（しゃべ）ってればいいわけだし、それだったら他の人をゲストで呼ぶみたいな形もできそうでいいじゃんっ！」
天理「まるで第二回以降があるみたいな流れを作らないでください」
リシア「ああ、昨今の業界的には続巻することとさえ難しいみたいな――」
天理「唐突に業界の闇に触れていくのもナシでいきましょう」
リシア「まぁー選択肢がなかったのもあるけど、やっぱりフリースペースとはいえ男同士の会話より女の子同士で会話してる方が映えると思うんだよね？」
天理「女性読者だったら男性同士の会話の方が喜ぶんじゃないですか？」
リシア「ボクたちのおっぱいに釣られて買った人たちの中に女性がいるとでもっ!?」
天理「否定できない圧倒的な説得力……ッ!!」
リシア「しかし、そんなボクたちのおっぱいに釣られた男性諸君に悲報だッ!!」
天理「え、何かあるんですか？」
リシア「この作品の登場人物は男性が圧倒的に多いッッッ!!」
天理「あー……そうですね。イラスト付きだと女性陣は私、片桐（かたぎり）さん、リシアさん、加（か）我地（がち）さんで、男性陣については七人もいますからね」

リシア「その結果がボクたちのおっぱいで釣ろうという作者の浅はかな思考だよっ！」
天理「私は『話と違うじゃないかッ！』と読者からお叱りがくるんじゃないかと、今から戦々恐々としていますよ……。なにせ本編の内容も結構シリアスですからね」
リシア「シリアス成分を中和するために、ボクたちのおっぱいは利用されたのさ……」
天理「いや、私はそういうの苦手な人間なんで」
リシア「だけど天理ちゃん、専門店特典の色紙でえっちな格好してたよ？」
天理「………そうですね」
リシア「ちなみに作者と編集者曰く、『本編がシリアス気味だから他のところでは好き勝手にしようぜ!! たとえばバニーにしちゃうとかさ!!』っていうノリらしいよ？」
天理「そんな腕にシルバー巻くノリでバニー姿にしないでもらえますかね……」
リシア「まぁまぁ、色々な服が着られるのは嬉しいじゃんっ！　本編の内容から考えると、ボクたちの服ってそう簡単に変わらないものだしさっ！」
天理「そういえば本当に本編の内容とか触れなくていいんですか？」
リシア「触れないっ！　なぜならここは裏話をするところだからッ!!」
天理「いや本編の裏話をすればいいじゃないですか……」
リシア「えぇー……だって作品本編に触れるってことは作者の苦労話とかになるんだよ？『いやぁーッ！　今回の作品を書くためにこれくらい苦労しましたぁーッ!!』みたいな話を聞かされたら天理ちゃんはどう思う？」

天理「うざいから壁に向かって話してろって思いますね」
リシア「強いて言うなら『この本を読んだ学生さんが世界史とかの授業を受けている時に、本に出てきた偉人の名前とか功績を見てテンション上がってくれたりして、興味を持って楽しんで授業を受けることができたらいいな』っていうのはあるみたいだね？」
天理「おー、意外とまともなこと考えているじゃないですか」
リシア「だから偉人そのものだけじゃなくて、その人がどうして偉人として名を残したのかっていう『功績』の部分も組み込んで作ったそうだよ」
天理「いや一部は分かるんですけど……『切り裂きジャック』とか『ヴェサリウス』って授業に出てくるものですかね？」
リシア「なんかそこは『世界史とか哲学の教師が授業中に話す小ネタ』みたいなノリってことで作者的にはOKにしたみたい」
天理「それなら割と何でもありじゃないですか」
リシア「仕方ないでしょっ！　作者の頭が残念だったせいで、有名な数学の定理とかを理解できなくて異能に変換できなかったんだからっ!!」
天理「その問題を解消するために友人たちに対して『自分の虫のように矮小な脳みそでも理解できるように説明していただけませんか……』って泣きついたのは聞きました」
リシア「まぁそんな学生時代数学のテストで六点しか取れなかった作者の話についてはおいておくとして、もっと裏話っぽい感じの会話しようよっ！」

天理（てんり）「他ですかー。なんかありましたっけ？」
リシア「ほらほらっ！　実は改稿前は天理ちゃんの見た目が清楚（せいそ）だったやつ！」
天理「おぉう……いきなり私にパンチをかましてきましたね……」
リシア「それで、どうして天理ちゃんギャルになっちゃったの？」
天理「なんか改稿している最中に作者が『天理ちゃんはギャルっぽい方がいいと思うんですよね！』ってド深夜にメールを送り付けたそうです」
リシア「思っていたより軽いノリだった……っ！」
天理「作者がノリで色々変えているので、そこらへん挙げたらキリないですよ？」
リシア「茶原（ちゃはら）おじさんも最初は犬じゃなかったのにね……」
天理「確か初期の茶原さんの《善霊》は『ミュンヒハウゼン男爵』でしたからね。童話や昔話にもある『ほら吹き男爵』のモデルになった人物で、ミュンヒハウゼン症候群っていう精神疾患の名称とか、ミュンヒハウゼンのトリレンマとかで有名でしょうか」
リシア「へぇー、その男爵ってどんな偉人なの？」
天理「簡単に言えばめっちゃ話がおもろいおじさんで仕事もできる人だったんですけど、自分が語った話を勝手に記録されて出版されて、ガチギレした末に憤死しました」
リシア「それは……偉人なのかな……？」
天理「ちなみにミュンヒハウゼン症候群とは、病気を装ったり自傷したりして、嘘（うそ）によって他者の同情や関心を集めるという精神疾患です」

リシア「『嘘』ってあたりが茶原のおじさんっぽいっ！」
天理「しかし今の彼は犬です。その理由は『犯罪者とか怖いし、そんな人が女性キャラに絡むところも不安だし、それじゃ彼には犬になってもらおうか！』です」
リシア「とてもかわいそうな理由で犬にされたおじさんだった……」
天理「あとはせっかくだから『ディオゲネス』を出したかったそうです」
リシア「その人は本文でも説明されてたけど、どうして出したかったの？」
天理「世界史か哲学の授業中に出てきたそうで、そのエピソードの中にアレクサンドロス大王との対話っていうのがあるんですよ。そこでディオゲネスは大王に対して『そこにいると日陰になるのでどいてください』って言ったそうです」
リシア「おおー、なんかタダ者じゃない雰囲気あるねっ！」
天理「で、作者はその話を聞きながら『樽(たる)からひょっこり顔を出して、ホクホクした表情で日向ぼっこをしているディオゲネス』をラクガキで描いていたそうです」
リシア「世界史のテストが平均三十六点だった理由が分かるエピソードだ……っ！」
天理「その後もノートにほっこり樽ジジイことディオゲネスをちょくちょく描いていたそうです。ちなみにディオゲネスのことを今の十代とか二十代の子たちに話したそうなんですが、『ディオゲネスなんて授業で習ってない』と言われたのもきっかけとか」
リシア「これがきっかけで知ってもらえたらいいねぇ……犬の印象付きそうだけど」
天理「まぁ語りましたが、デザインや設定の変更って私と茶原さんくらいですよね？」

リシア「たぶんそうかな？　ハルトくんとか銅算班とか古崎一派は最初から変わってないし、ボクも数パターンは仕立ててもらったけど結構あっさり決まったもんね？」
天理「あと、リシアさんは最初よりも胸が増量されましたね」
リシア「そうッ!!　おっきくしてもらったのっ!!」
天理「今日一番ってくらい喜ぶじゃないですか」
リシア「最初から巨乳だった天理ちゃんには分からない喜びってやつだよ……ッ！」
天理「それは自身の性分とは相反するように、作者のイタズラで望まずして巨乳キャラになってしまったという私の苦悩に限りなく近い何かってことにしておきましょうか」
リシア「あとページの都合で削除されたシーンあったよね？」
天理「私とリシアさんのお風呂シーンですね」
リシア「なんでそこを削ったのさッ!!」
天理「なんかもう最初の時点で大幅にページ数をオーバーしていて、色々ごにょごにょしてページ数を抑えたけど無理で、一番重要なところでしょうがっ!?」
リシア「ボクと天理ちゃんがタオル一枚でコーヒー牛乳とフルーツ牛乳について熱く論争していたシーンはもう見られないんだね……」
天理「続いたら出してくれそうな気はしますけどね。ところで一つ訊いていいですか」
リシア「うん？　どうしたの？」
天理「この茶番ってどこまで続けるつもりなんですか？」

リシア「文庫換算で八ページくらいって指定がきてるね」
天理「そこらへんのSSよりも長く書いているとかアホじゃないですかね……」
リシア「それじゃ最後は『ボクたちに着せたい衣装』とか募集しようっ!!」
天理「それ大丈夫なんですか？　作者とか編集者に負担がいくのはともかく、にの子先生に負担がいく形になると話が変わってきますよ？」
リシア「だけど見たいじゃんッ!!　にの子先生が描く色んな衣装を着たボクと天理ちゃんの姿を見たいって世界中の誰もが渇望してるじゃんっ!!」
天理「さらっと私を含めないでもらえます？」
リシア「だけど天理ちゃんについて『天理が慣れない衣装とか着て、困惑したり嫌がったりしている感じの表情が見たい』とかっていう指定がほんのり出してあるみたいだよ？」
天理「あぁ……つまり私はもう逃げられないってことなんですね……」
リシア「とりあえずボクと天理ちゃんは本編以外だと今後もシリアス中和要員だよっ!!　そこだけはみんなの期待を裏切らないようにしないとねっ!!」
天理「そこは大事だと私も思うんですけどね……そんなこんなでページの終わり近づいてきましたけど、ここからどうやって裏話の収拾付けるつもりなんですか？」
リシア「規定のページに達したら、どんなに話が途中でも強制終了だよ？」
天理「うっわぁー、爆発オチより酷い終わり方ぁ……」
リシア「ほらほら何か要望あるなら今の内に言っておこうっ！　次の衣装の構図はこんな

MF文庫J

さあっ候補生さま、“王霊討伐”の時間です

2023年1月25日　初版発行

著者　藤木わしろ

発行者　山下直久

発行　株式会社 KADOKAWA
〒102-8177 東京都千代田区富士見2-13-3
0570-002-301（ナビダイヤル）

印刷　株式会社広済堂ネクスト

製本　株式会社広済堂ネクスト

Printed in Japan　ISBN 978-4-04-682107-2 C0193

◇◇◇

【ファンレター、作品のご感想をお待ちしています】
〒102-0071 東京都千代田区富士見2-13-12
株式会社KADOKAWA　MF文庫J編集部気付「藤木わしろ先生」係「にの子先生」係